괜찮아 괜찮아

That's Okay, That's Okay

괜찮아 괜찮아

장범용 지음

지유문고

드라마「나의 아저씨」,
길(道) 찾는 여행자를 크게 세 번 치다

어느 날 한 편의 글이 겁도 없이 스스로 저벅저벅 세상 밖으로 걸어 나왔습니다. 글이 저 혼자 걸어 나오다니, 어이없다 하실 텐데 정작 놀란 사람은 머리와 손을 빌려준 저입니다. 허구한 날 책만 사들여 끼고 사는 저를 보고 가끔 아내가 "당신, 책 한 번 써보는 건 어때?"라고 할 때마다 "내가! 책을?" 손사래를 쳤습니다. 제 주젤 잘 아니까요. 이렇게 잘 부여잡고 있던 저의 주제가 와장창 깨지는 일생일대의 사건이 벌어졌습니다. 불씨를 댕긴 건 우연히 만난 텔레비전 드라마였습니다. 한 편의 드라마가 이렇게 인정사정없이 봉棒을 휘두를 줄이야!

「나의 아저씨」*가 저를 통째로 세차게 흔들어 깨우더니 기

---

*   드라마 〈나의 아저씨〉는 박해영 극본, 김원석 연출로 tvN 채널을 통해 2018년 3월 21일부터 5월17일까지 16부작으로 방송되었습니다.

다렸다는 듯이 이야기를 술술 뽑아냅니다. 그 이야기를 여섯 해에 걸쳐 두드리고 다듬어 한 권의 책으로 엮었습니다. 크게 한 대 얻어맞았다고 글이 그저 나올 순 없는 노릇, 그동안 동서고금을 가리지 않고 지혜의 샘물을 맛보겠다고 헤매며 어렵사리 찾아 켜켜이 쟁여 놓았던 개념들이 「나의 아저씨」 속 주인공들의 대사를 만나 스파크를 일으켰습니다. 전압이 가장 세게 걸려 큰 불꽃을 터트린 대사입니다.

하나 "너 여기서 득도 못해. 나같이 지랄 맞은 년이랑 살아
　　　봐야 득도해."

둘.　"달릴 때는 내가 없어져요. 그런데 그게 진짜 나같
　　　아요."

셋.　"나 이제 다시 태어나도 상관없어요. 또 태어날 수 있
　　　어 괜찮아요."

이 책은 「나의 아저씨」 속 대사와 제 안에 있던 '대승' 보살' '참나' '도량' '니체' '원효' '유마' '윤회' '무주無住' 등의 개념이 만나 일으킨 지적 화학반응에 대한 보고서이자 덧풀이(footnote)입니다. 드라마 평론이라기보단 '추앙'에 가깝습니다. 솔직히 평론의 문법은 잘 모릅니다. 제 해석이 옳다고 주

장하는 것도 아닙니다.

「나의 아저씨」는 어떤 경전보다도 훌륭한 마음공부의 텍스트로 보입니다. 이 텍스트를 '대승불교와 보살'이라는 저만의 색안경을 끼고 꼼꼼하게 구석구석 살펴보다 보니 한 권의 책이 되었습니다.

지안이 달릴 때 만난다는 진짜 나, 여러분도 한 번 만나보고 싶진 않으신가요? 태어나길 거듭해 삼만 살이나 먹었다는 지안은 과연 윤회의 강을 건널 수 있을까요? 박동훈 부장이 늘 달고 다니는 '억울함'의 정체는 무엇일까요? '석호필'과 같은 구조기술사인 동훈은 하루하루 징역살이 같은 회사로부터 탈옥에 성공할 수 있을까요?

후계동의 '정희네' 술집에 아저씨보살 유마거사가 온다면 어땠을까? 하는 상상도 해봅니다. 겸덕 스님이 가끔 '정희네'로 내려와 후계동 벗들과 어울려 노래할 수 있다면, 그 걸림 없는 노랠 들어보고 싶습니다. 지안 할머니의 장례식장 장면을 보는 순간 '화엄華嚴'세계가 떠올랐습니다. 저의 해석이 원전에 누를 끼친 건 아닌가 두렵기도 합니다. 「나의 아저씨」는 볼 때마다 새롭게 보입니다. 해석의 공간이 무한히 열려 있는 것이죠.

'각자도생'이 생존의 지혜가 된 지금이야말로 '중생이 아프니 내가 아프다'고 병을 앓는 '유마거사'와 같은 대승보살이 절실하게 필요합니다. 그 보살을 한 드라마에서 만났습니다. 그 이야기를 여러분과 나누어보려 합니다.

혹시 「나의 아저씨」를 누군가에게 추천하신 분, 인생드라마로 꼽거나 대사 하나쯤 외우고 계신 분, OST 가운데 한 곡이라도 스마트폰 플레이 리스트에 있는 분, 또는 주변에 그런 분을 알고 계시다면 이 책을 권해주셨으면 하는 바람입니다.

길(道)을 찾아 돌고돌아 돌아와 보니, '지금 여기'가 도량이었습니다. 대승이라는 지혜의 샘물을 마시고 기운을 차려 다시 세상 속으로 한 걸음 나아갈 수 있도록 도움을 주신 스승님, 그리고 도반들, 가족 모두에게 감사드립니다. 「나의 아저씨」작가, 감독, 모든 연기자 그리고 제작팀 여러분 모두 고맙습니다. 그리고 故이선균 배우의 영면永眠을 빕니다. 출판을 결정하고 부족한 글을 다듬어준 도서출판 운주사의 김시열 대표께 감사드립니다. 흑백으로 정감 넘친 삽화를 그려준 이주하 작가께도 감사드립니다.

이 글을 읽어주신 모든 분들도 편안함에 이르시길.

2024년 11월 마포 새터산 아래에서

靑龍 장범용

"너 여기서 득도 못해."

그 술집에 가고 싶다

더 이상 세상의 미혹됨에 흔들리지 않는다는 나이, 불혹不惑을 넘어선 지 오래건만 하루 또 하루, 안팎으로 흔들리기는 매한가지.

"그래, 마음속 온갖 미혹됨은 모르겠고, 술로 더 이상 비틀거리진 말자." 주신酒神께 작별을 고했습니다.

그렇게 세월이 흘러 하늘의 명을 안다는 지천명知天命을 지나는 가운데, 드라마 한 편이 머리 안쪽 깊숙한 곳 해마 어딘가에서 잠자던 기억의 시냅스를 흔들었습니다. 호르몬이 빗장을 푼 것입니다.

"아! 이 술집은 꼭 한 번 가봐야만 해."

먼저, '정희네'라는 간판이 눈에 띄네요. 그 아래엔 고양이 다섯 마리가 옹기종기 뒤태를 자랑합니다. 그 왼쪽으론 나풀나풀 나비가 날아오르고, 늘씬한 꼬리를 한껏 치켜세운 고양이 한 마리가 손님을 기다립니다. 오른쪽으론 넘실대는 파도 위로 커다란 고래 한 마리가 헤엄치네요. '우리도 언젠가 흰수염고래처럼 헤엄쳐, 두려움 없이 이 넓은 세상 살아갈 수 있길.'* 꿈꾸는 그 흰수염고래가 아닐까요? 아니면 어느 네티즌의 추측대로 '정희네'에 둥지를 틀고 서식하는 술고래 아저씨들을 상징하는 걸까요? 아무튼 드라마 「나의 아저씨」 속 '정희네'는 꼭 한 번 가보고 싶은 주점입니다.

현관문을 밀면 '못난 놈들은 서로 얼굴만 봐도 흥겹다.'**는

---

*   2011년 발매된 YB(윤도현밴드) 「흰수염고래」 앨범에 수록된 '흰수염고래' 가사의 일부입니다.

**   신경림, 『農舞』(창작과비평사, 1985 8판), p.14
      못난 놈들은 서로 얼굴만 봐도 흥겹다
      이발소 앞에 서서 참외를 깎고
      목로에 앉아 막걸리를 들이키면
      모두들 한결같이 친구 같은 얼굴들
      (……)

시인의 노래 속 그 못난 친구들이 흥겹게 반겨줄 것만 같은 곳. 넘치는 잔을 부딪치며 "후계! 후계! 잔을 비우게!"를 함께 외쳐 보고 싶은 곳. 사장님이 제철 뿔소라를 접시 가득 서비스로 내놓는 날 갈 수만 있다면 더 없이 좋으련만, 현실에선 갈 수 없기에 더더욱 아쉬운 곳입니다.

여기 '정희네'의 문을 선뜻 열지 못하는 또 한 사람이 있습니다. 사장님 정희의 둘도 없는 친구이자 그녀가 이십 년이 넘도록 한결같이 잊지 못하는 사람, 윤상원입니다. 그래서 '윤상원'이란 이름은 '정희네'에선 금기어입니다.

상원은 머리카락을 자르고 산으로 들어갔고, 정희는 후계동 어귀에 주점을 열었습니다. 상원은 겸덕이란 새로운 이름(법명)을 얻은, 작은 산사의 주지입니다. 상원은 집을 떠났으

니 출가자出家者, 정희는 집에 있으니 재가자在家者입니다.

어느 날 정희는 라이터를 챙겨 상원이 있는 산사로 갑니다.
법회가 있는 날입니다.

겸덕 날이 춥죠? 여긴 산속이라 더 추워요. 추운 날 우리
　　　여기 왜 왔어요?

신도 좋은 말씀 들으러 왔어요.

겸덕 좋은 말씀 들으러.

신도 성불하러요. (웃음)

신도 마음공부 하러 왔습니다.

겸덕 네, 마음공부 하러 왔죠. 그런데 왜 마음을 공부해요?
　　　다들 마음 있잖아요. 근데 그걸 왜 공부해요?
　　　세상 사람들은 밖에 있는 것이 내 마음을 불편하게
　　　하고 밖에 있는 것이 내 마음을 즐겁게 한다고 생각
　　　합니다.
　　　우리 불자들은 이게 망상이란 걸 인정하고 여기 온
　　　겁니다. 내심, 외경…… 내 속에 있는 걸 밖에서 본다.
　　　이게 진짜란 걸 인정하고 이 자리에 앉아 있는 겁
　　　니다.
　　　인간은 다 열망하는 걸 보게 돼 있습니다. 내 속에서

16

보고 싶은 걸 밖에서 찾아보게 됩니다. 내 마음이 좋
으면 밖에 싫은 게 하나도 없어요.

제가 옛날에 마음이 죽겠어서 봉은사 토굴에 가서 삼
일 밤낮을 기도하는데, 저도 그때 처음 경험했는데,
그냥 마음이 풀렸어요.

밖에 싫은 게 하나도 없어요. 염소새끼도 이뻐서 한
참을 쳐다보고, 풀떼기도 이쁘고, 그냥 다 이뻐요. 싫
은 게 없어요.

성불하십시오!

〈나의 아저씨〉 13화

스님의 설법, 어떻습니까? 어려운 말씀인가요?

내 감정의 좋고 싫음 또한 밖에 있는 외경外境이 결정하는
것 같지만 내 마음에 달렸다. 이 정도는 꼭 불교신자가 아니더
라도 알 수 있고 눈치 챌 수 있는 것이기도 합니다. 하지만 내
심, 외경의 문제를 좀 더 깊게 들어가면 불교이론 가운데서도
난해하기로 이름난 유식학唯識學을 만나게 됩니다.

스님은 자신의 경험담을 들어가며 쉽게 풀어주고 있는 것
이죠. 여기엔 보살도 정신이 엿보인다고도 볼 수 있습니다. 듣
는 사람을 배려한 법문입니다.

너, 여기서 득도 못해!

법회를 마치고 나온 겸덕에게 정희가 퍼부어댑니다. 절규하듯이……

정희　나 온몸이 다 아파. 안 아픈 데가 없어. 아침에 눈 떠지는 게 싫고, 눈 뜨면 눈물부터 나. 네가 오면 안 아플 거 같아.
　　　그니까 와. 그만 와. 그만 와. 나 혼자 늙어죽기 싫어.

겸덕　밥 먹자. 가자.

정희　염소새끼도 사랑하고 풀떼기도 사랑하면서 나는 왜 안 사랑해?
　　　너, 너 여기서 득도 못해.
　　　나 같은 지랄 맞은 여편네랑 살아봐야 득도하지.
　　　이런 산골에 처박혀서 득도 못해.
　　　내려와. 여기 확 다 불질러 버리기 전에 내려와.

〈나의 아저씨〉 13화

도를 얻겠다고 집도 가족도 애인도, 모든 걸 다 뒤로 한 채 산으로 들어간 친구이자 옛 사랑에게 득도하지 못한다니, 이

무슨 집착이고 망발인가 싶기도 합니다. 득도를 할 수 없다는 게 아니라 여기서 득도를 못한다는 겁니다. '여기서는.'

겸덕은 "제가 옛날에 마음이 죽겠어서 봉음사 토굴에 가서 삼일 밤낮을 기도하는데, 저도 그때 처음 경험했는데 그냥 마음이 풀렸어요. 밖에 싫은 게 하나도 없어요." 토굴에서 삼일 밤낮 동안이나 기도를 해야 마음이 풀린다면 재가자들이 따라가기엔 힘든 길(道)이 아닐까요? 자신의 생업을 접고 사흘 동안 토굴로 들어간다는 건 쉽지 않습니다.

제철이 하던 '청소업체'를 물려받은 상훈과 기훈 형제는 다마스에 붙어 있던 '부부 청소방'이란 글자에서 '부부'를 '형제'로 바꾸고, 공동주택 청소 일을 시작합니다. 개업식 고사를 지낸 후 어머니(요순)와 나누는 대화입니다.

요순　야 야. 이것도 가져가야지! 이거

상훈　아이 알았어. 저기, 자 잠깐만요.

제철　아유 어머니, 도시락도 싸주세요?

요순　4층짜리 계단 한 번 청소하고 내려오면 일이만 원인데 그럼 사 먹냐?

　　　내가 아들 둘이 빗자루 들고 살지는 몰랐다.

상훈　나도 몰랐어요.

제철 오십 넘으면 다들 이러고 살아요, 어머니. 자동차 회
     사 다니던 진범인 지금 미꾸라지 수입해요. 은행 부
     행장 하던 권식이는 모텔에 수건 대고, 공부해서 다
     니는 직장 끽해야 이십 년이에요. 백 세 인생에 한 직
     업으로 살기 지루하죠. 서너 개는 해봐야 지루하지
     않고 좋죠.

요순 요즘 지루하지 않고 좋은가 보다?

〈나의 아저씨〉4화

  이렇게 청소 일을 하다가 상훈은 갑甲질 하는 사장을 만나
무릎까지 꿇습니다. 더 끔찍한 건 이 광경을 어머니가 목격합
니다. 이게 현실입니다.
  이런 처절하기까지 한 삶의 현장 속 재가자들은 어떻게 '내
마음이 좋으면 밖에 싫은 게 하나도 없는' 편안한 세계로 들어
갈 수 있을까요?

동훈 나쁜 놈 잡아 족치면 속 시원할 거 같지?
     살아봐라 그런가. 어쩔 수 없이 나도 그 오물 뒤집
     어써.
     그놈만 뒤집어쓰지 않아.

지안   아니면 큰돈 받아내서 나가서 회사 차리던가. 나한테
　　　　누명 씌워서 자르려고 했던 인간이랑 어떻게 한 회사
　　　　에 있어. 얼굴 보는 것만도 지옥 같을 텐데.

동훈   현실이 지옥이야. 여기가 천국인 줄 아냐.
　　　　지옥에 온 이유가 있겠지. 벌 다 받고 가면 되겠지 뭐.

〈나의 아저씨〉 7화

　동훈은 현실이 지옥이라고 합니다. 정희의 "너, 여기서 득도
못해."라는 말은 이 지옥 같은 현실을 회피할 게 아니라 두 발
을 기꺼이 들이밀고 그 속에서 도를 이루어야 한다는 거 아닐
까요? 기꺼이 오물도 뒤집어쓸 각오를 해야 합니다.

당신의 도량道場은 어딘가요?

겸덕과 같이 구도를 위해 가진 걸 모두 내려놓는다는 게 쉬운
일이 아닙니다. 더구나 학력고사 만점을 받은 상원입니다.
　정희는 "여기서 득도 못해."라고 하지만, 겸덕 또한 여기 산
사에서 득도하고 그 도를 자기의 방식대로 중생들에게 되돌
리는 삶을 얼마든지 살 수 있습니다.

그렇지만 현실적으로 우리 모두가 도를 얻겠다고 출가해서 구도자의 삶을 살 순 없지요. 그리고 어찌 길(道)이 산속에만 있겠습니까? 어지러운 저잣거리 한가운데에도 있지 않을까요?

　겸덕의 산사도 도량이지만 술집 '정희네' 역시 도량입니다. 첫 머리에 '정희네'에 한 번 가보고 싶다고 한 건, 그 도량에 한 번 가보고 싶었기 때문이었나 봅니다.

　여러분에게 묻고 싶습니다. 겸덕의 도량과 정희의 도량 가운데 어느 곳의 수행이 더 빡셀까요?

　그럼, 「나의 아저씨」 속 주인공의 도량을 좀 살펴볼까요.

　지안에게는, 들을 수 없고 다른 사람의 도움 없이는 한 발자국도 움직이지 못하고 꼼짝없이 누워 있어야 하는 할머니가 계신 산동네 방 한 칸이 도량입니다.

　박동훈 부장에게는 학교 때부터 꼴 보기 싫었던 대학 후배가 대표로 있는 삼안E&C 안전진단3팀 사무실이 도량이고, 그 후배 녀석과 외도를 한 아내가 있는 집이 도량입니다.

　'지금 여기'를 떠나서 따로 도를 닦을 곳이 없습니다. 주인공 지안과 동훈이 만만치 않은 이 도량에서 고군분투 도를 닦아나가는 스토리가 바로 드라마 「나의 아저씨」입니다. 제겐 그렇게 보입니다.

드라마 정주행을 마치고 주인공들의 도道 닦는 이야기를 글로 쓰기 시작했습니다. 그러나 저만의 「나의 아저씨」 리뷰는 마침표를 못 찍은 채 노트북 메모리에서 깊은 잠에 빠졌습니다.

지금 토닥토닥 자판을 두드리고 있는 이곳은 지리산 노고단 아래, 예전 선원禪院으로 쓰던 건물의 뒷방입니다. 저는 이곳에서 템플스테이 오는 젊은 친구들을 만납니다. 불교문화체험을 위해서도 오지만 대부분은 조용한 산사에서 제대로 쉬었다 가기 위해 찾아옵니다.

공양(절에서 하는 식사) 시간 외엔 이틀 동안 잠만 자다가 "정말, 잘 쉬고 갑니다." 인사를 건네고 귀가하는 친구도 있습니다. 한결 가벼워져 돌아가는 모습을 보면서, '저 친구의 도량은 하룻밤의 편안한 숙면도 쉽게 허락지 않는 빡센 도량인 모양이구나.' 하는 짠한 마음이 들기도 합니다.

한 철, 절에서 살아보니 수행강도가 센 도량이 눈에 들어옵니다. 공양간입니다. 비가 오나 눈이 오나 이른 새벽부터 하루세 끼 정갈한 공양을 마련하기 위해 보살님들이 들이는 노력과 정성을 생각하면 공양간이야말로 가장 치열한 수행공간입니다. 혹시 절에 가서 도인의 얼굴이 보고 싶다, 그러면 '공양간의 수행자들'을 만나 보십시오.

템플 참가자들과의 대화는 온전한 쉼에 방해가 될까 싶어 자제합니다. 그래도 가끔은 차 한잔을 앞에 놓고 마주하기도 합니다. 그럴 때마다 저도 모르게 튀어나오는 질문.

"혹시 드라마 「나의 아저씨」 보셨나요?"

그리곤 드라마 속 겸덕과 정희의 득도 이야기를 펼쳐내 봅니다. 보통은 다음과 같은 질문을 끝으로 차담을 마칩니다.

"당신의 도량은 어디입니까?"

차담을 마친 다음날 퇴실하면서 이렇게 인사를 건네는 친구를 만나기도 합니다.

"안녕히 계세요. 이제 진짜 저의 도량으로 돌아갑니다. 도 닦으러."

'어젯밤 뒤치다꺼리*의 수고로움이 헛되지 않았구나.' 저

---

* '귀찮은 일을 처리하는 것을 일러 치다꺼리라고 부르지만, 그 말이 置茶라는 한자어에서 나온 줄 아는 이는 드물다. 즉 치다꺼리는 차를 늘어놓는 꺼리인 것이고, 뒤치다꺼리는 차를 마시고 나서 그 살림을 다시 가지런하게 정돈하는 꺼리인 것이다. 박현, 『차를 마시고 마음

절로 미소가 지어집니다.

"네. 멀리서나마 응원하겠습니다. 파이팅!"

이렇게 템플스테이에서 만난 벗들과 나눈 차담과 그들과의 공감이 5년 넘게 잠자고 있던 「나의 아저씨」리뷰를 깨웠습니다. 이제 숙제를 마치려고 합니다. 용기를 준 벗들에게 감사드립니다.

각자도생의 시대, 보살을 만나다

글을 쓰기로 마음먹은 이유가 또 하나 있습니다. 지금이야말로 보살이 필요할 때입니다. 뒤에 더 자세하게 설명하겠지만, 보살의 마음은 중생에 대한 연민의 마음, 곧 대비심입니다.

이른바 시대를 앞서간다는 지식인들이 '각자도생'을 말합니다. 각자도생이 필요한 시대라는 걸 깨닫고 알려주는 것 또한 지혜이고 보살의 마음일 겁니다. 그렇지만 슬픈 현실입니

은 내리고』(지유네트, 2009), p.146.

다. 아픈 현실입니다. 각자도생을 하고 싶어도 할 수 없는 사람들은 어찌 해야 할까요?

각자 알아서 생존열차를 타고 가면 된다는 것인가요? 아니면, 나는 이미 올라탔으니 타지 못한 사람들은 모르겠다는 건가요? 어느 텔레비전 예능프로그램 출연자들이 외쳤던 "나만 아니면 돼!" 이런 건가요?

어려운 시대일수록 곁을 돌아봐야 합니다. 각자도생이 아니라 함께 살아가야 하는 공생이어야 합니다. 보살의 마음은 **타인의 고통에 공감할 줄 아는 마음**입니다. 이러한 보살의 마음이 너무도 절실하게 필요한 시대입니다.

그 보살의 마음을 한 드라마에서 보았습니다. 그 이야기를 여러분과 나누고 싶습니다. 이것이 이 글을 쓰게 된 또 하나의 이유, 진짜 이유입니다.

「나의 아저씨」, 내 마음에 걸리다

「나의 아저씨」가 방영되던 2018년, 저는 남쪽 바닷가 통영의 한 섬에서 한 철 살았습니다. 어느 날 일을 마치고 피곤한 몸을 누인 채 우연히 「나의 아저씨」(7화)를 보게 되었습니다. 주인공인 지안과 박동훈 부장 둘 사이의 대화가 저를 벌떡 일어나 앉혔습니다. '도대체 작가가 누구지?' 하곤 엔딩 크레딧을 기다렸다가 검색 창에 이름을 입력했습니다. 당시엔 「또 오해영」이란 드라마를 보기 전이라 박해영 작가를 몰랐습니다.

아무튼 그렇게 「나의 아저씨」를 첫 회부터 다시 찾아보았습니다. 그랬더니 첫 회 도입부에 이런 장면이 등장합니다.

김대리   부장님은 차에 들어온 벌레도 안 죽이고 그냥 싹 밖으로 내보내죠?
          카, 난 진짜 개구리 숱하게 잡아먹었는데, 아주 잔인하게 다리 쫙 찢어서.
송과장   닭 잡아봤어? 어, 모가지를 딱 잡아, 펄떡펄떡 뛰어. 비틀어.
김대리   토끼 잡아봤어요? 토끼는 가죽을 벗기는데, 엄청 잔인해.
동훈   돼지 잡아봤어?
김대리   뻥, 근데 왜 벌레는…
동훈   마음에 걸리는 게 없으면 뭘 죽여도 문제없어.
          그런데 마음에 걸리면 벌레만 죽여도 탈 나.
김대리   돼지는 안 걸렸어요?

동훈　　어려서 뭘 알아.

김대리　어려서 어떻게 돼지를 잡았어요?

동훈　　삼형제가 돼지를 눌러. 그럼 아버지가 목을 따.

　　　　그럼 엄마가 얼른 양동이를 목에 갖다 대.

　　　　그럼 피가 꿀렁 꿀렁 꿀렁… 자 선짓국 먹어.

〈나의 아저씨〉 1화

"마음에 걸리는 게 없으면 뭘 죽여도 문제없어. 그런데 마음에 걸리면 벌레만 죽여도 탈 나." 드라마 첫 씬(scene)부터 등장하는 '마음에 걸리면'이란 말이 제 눈엔 좀 수상합니다.

이렇게 첫 화에 나온, 동훈의 "마음에 걸리는 게 없으면……"이란 대사는 마지막 16화에서 겸덕이 정희에게 말하는 장면에서 다시 나옵니다. "마음에 걸리는 게 있어서 못 왔던 거 같아." 정희는 "이제 걸리는 게 없니? 나, 니 마음에 걸려라, 걸려라 하는 심정으로 괴롭게 살았는데……, 나 이제 무슨 짓을 해도 니 마음에 안 걸리는 거니?"라고 말합니다.

드라마가 '마음에 걸리는' 이야기로 시작해서 '마음에 걸리는' 이야기로 끝나는 것처럼 보입니다. 주인공들의 '마음에 걸리는'이란 대사가 제 마음에도 탁 걸렸습니다. 그 뒤로는 매주 본방을 놓치지 않고 챙겨 보았습니다.

그때 섬에서 함께 일했던 후배에게 '어려운 불교경전 읽는 것보다 이 드라마 보는 게 날 거 같다.'라는 말을 해주었던 기억이 납니다.

그 후배가 이른바 마음공부에 막 마음을 내던 시점이었습니다. 마음공부의 좋은 텍스트일 수 있겠다는 생각으로 「나의 아저씨」를 추천했습니다. 일 끝나고 섬에서 나가면 보라고. 꼭 보라고……

다음해 통영의 대섬(竹島)을 떠나 쉬는 몇 달 동안 가까운 국립세종도서관으로 도시락을 싸들고 아내와 함께 매일 출근을 했습니다. 유난히 무더웠던 그해 여름, 호수공원이 내려다보이는 열람실에서 제 머릿속에 자리한 「나의 아저씨」를 글로 풀어 보기 위해 노트북 자판을 두드리기 시작했습니다.

대본을 구할 수 없어서 리모컨으로 플레이와 포즈를 반복하면서 관심 있는 대사를 받아 적었습니다. 이렇게 「나의 아저씨」에 빠져들면서 머릿속에 떠오른 단어가 바로 '보살'이었습니다. 이 드라마를 대승보살大乘菩薩이라는 키워드로 읽을 수도 있겠군! 하는 생각이 들었습니다.

「나의 아저씨」는 단순히 마음의 문제를 넘어서는, 깨달음에 대한 노래라는 것을 발견했습니다. 그것도 최고의 깨달음이라고 할 수 있는 대승보살을 노래하고 있다는 사실에 더 놀랐습니다.

당시 도서관에서 썼던 원고 첫머리 가운데 일부입니다. '대승보살이란 키워드로 「나의 아저씨」를 볼 수 있겠다.'라는 생각이 강렬했습니다. 이렇게 대승보살이라는 나만의 필터를 끼고 「나의 아저씨」를 보기 시작한 것입니다.

대승보살이란 필터

드라마 「나의 아저씨」는 깨달음의 노래입니다. 「나의 아저씨」가 노래하는 깨달음의 경지는 높고도 높습니다. 대승의 노래, 보살菩薩의 노래입니다. 제가 보기에 그렇다는 얘기입니다.

지금부터 하는 이야기는 제가 본 「나의 아저씨」입니다. 저의 취향과 지식의 한계, 편견도 들어 있을 겁니다.

인간은 자신만의 렌즈를 통해 세상을 볼 수밖에 없는 존재이기도 합니다. 인간은 실재를 실재 그대로, 자연을 자연 그대로 볼 수 없습니다. 뇌로 해석한 세계를 보는 겁니다.

세계는 존재한다. 다만 우리는 그것을 있는 그대로의 모습으로 보지 못한다. 우리는 세계를 있는 그대로 경험하지 못하는데, 우리 뇌가 그렇게 진화하지 않았기 때문이다. 이것은 일종의 역설이다. 뇌는 우리가 지각하는 것이 객관적 실재라는 인상을 주지만, 지각을 가능케 하는 감각 과정은 실제로는 우리를 실재에 접근하지 못하게 막는다.

_ 보 로토 지음, 이충호 옮김, 『그러므로 나는 의심한다』

(해나무, 2019), p.9

　만 명이 「나의 아저씨」를 보았다면 만 가지 색깔의 「나의 아저씨」가 있을 겁니다. 색깔이 다르니 논쟁이 없을 순 없겠지만 서로 다른 색깔의 「나의 아저씨」도 존중해주어야 하겠지요.

　지금부터 저만의 렌즈를 통해 본 「나의 아저씨」 리뷰를 시작하겠습니다. 여러분의 렌즈와는 색깔도 선명도도 다르다는 사실을 잊지 마시고 너그러이 보아주시길……

　앞에서 저는 「나의 아저씨」를 대승의 노래, 보살의 노래라고 했습니다. 이처럼 「나의 아저씨」를 '대승보살'이라는 단 하나의 키워드로 해석해보려 합니다. 그럼 먼저 '대승이 무엇인지, 보살이 무엇인지'부터 얘기를 시작해야 할 텐데요.

만약 여러분이 서점에서 이 책을 집어 들었거나 인터넷 서점에서 클릭을 했다면 「나의 아저씨」를 보았거나 한 번쯤 주변 누군가로부터 이 드라마를 소개받은 적이 있을 겁니다. 이렇게 찾아오신 귀한 손님을 편안하게 안내해야 할 텐데, 곧바로 문을 열기가 쉽지 않군요.

'불교' 하면 일반인들이 하는 첫 번째 생각은 '어렵다'입니다. 더구나 대승불교라, 대승경전의 원문은 한자로 되어 있고, 설령 번역본이 있다 하더라도 공空이나 반야般若, 유식唯識, 여래장如來藏 등의 용어는 낯설기만 합니다.

드라마 리뷰가 궁금해서 가벼운 마음으로 문을 두드린 여러분을 어려운 대승불교 개념의 미로 속으로 빠트릴 순 없습니다. "궁금하신 용어는 인터넷 검색 또는 챗지피티(ChatGPT)에게 물어보세요."라고 할 수는 더더욱 없는 노릇이구요.

그렇다고 대승보살이란 키워드로 리뷰를 하겠다고 나선 마당에 설명을 안 하고 갈 순 없습니다. 여기선 불교이론이나 자세한 대승불교 이야기를 하지 않겠습니다. 그랬다간 문도 열기 전에 뒤돌아갈까 겁이 납니다.

솔직히 저에겐 대승불교의 탄생 배경, 역사와 의의, 다양한 갈래로 발전한 이론들을 쉽게 설명할 능력이 없습니다. 전 불교학자도 수행자도 아닙니다. 나름대로 공부한 대승의 보살 사상이 좋아서 드라마의 해석 도구로 쓸 뿐입니다. 제가 보기에 대승사상은 위대합니다. 수많은 지적 거장들이 생을 걸고 몇 대에 걸쳐 일구어 낸 인류사상사의 거대한 성취라고 생각합니다.*

「나의 아저씨」를 해석하는 도구로서의 '대승보살'을 이해하기 위해서 두 가지 포인트만 기억하시고 진도 나가도록 하겠습니다. 그리고 좀 더 설명이 필요한 경우엔 주註를 달아 보충하겠습니다.

그렇게 앞으로 한 걸음 한 걸음 나아가 진도를 마칠 때쯤 자연스럽게 '아! 이래서 대승불교와 보살이란 개념으로 「나의 아저씨」를 보았구나. 음! 이렇게 볼 수도 있겠군!' 하고 저의 해석에 맞장구를 쳐주신다면 더 바랄 게 없습니다. 그럼 이제 두 가지 핵심 포인트로 들어가겠습니다.

---

* 논쟁의 여지가 있을 수 있지만, 대승 하면 늘 불교와 짝이 되어 '대승불교' 이렇게 말합니다. 그러나 불교에 한정하지 않고 '대승사상'을 더 넓게 볼 수도 있습니다. 유교나 기독교도 대승사상으로 볼 수 있다는 말입니다. 도올 선생도 『도올 김용옥의 금강경 강해』에서 "신약은 소승적이 아닌 대승적으로 읽어야만 한다."고 말합니다. 이런 시각에서 뒤에서 '보살예수론'을 소개할 겁니다.

하나, 대승은 함께 타고 가자는 것

'대승'이란 개념을 어떻게 쉽게 설명할 수 있을까? 하는 고민을 하다가 문득 노무현 전 대통령의 진보주의와 보수주의에 대한 비유가 떠올랐습니다.

명절을 맞아, 부산에서 출발한 버스가 김해쯤 오면 이미 만원이라 손님을 더 태우기가 쉽지 않았던 모양입니다.

> 보수는 '야 비좁다, 태우지 마라. 늦는다, 태우지 마라' 이거죠. 내가 어릴 때 부산서 출발해서 김해에 오면 김해정류장에서 늘 요 싸움하거든요. (……)
> '쟤들도 태워줘라' 이거 아닙니까? 그 차에서 '차장, 오늘 어렵더라도 같이 타고 가야지. 그 사람들도 가서 제사지내야 되는데' 이렇게 말해주는 손님이 진보주의자에요. 사람들이 버스 뒤로 좀 들어가면 얼마든지 더 탈 수 있는데, 앞에 딱 버티고 서서 안 비켜주는 경우도 많지요. 근데 '뒤로 갑시다. 뒤로 갑시다.' 하고 앞에서 사람들 헤치고 들어가서 사람 타게 열어주는 사람, 이 사람은 그래도 괜찮은 진보주의자에요.
>
> _ 노무현 전집 4 『진보의 미래』(돌베개, 2019), p.221

좀 거친 비유지만, 대승은 "좀 같이 타고 갑시다."라면서 길을 열어 주고자 하는 진보주의자들의 개혁운동이었습니다. 깨달음의 길을 혼자만 가지 말고 함께 가자는 겁니다.

　　1세기를 전후해 진보적인 불교개혁운동에 앞장선 이들이 스스로에게 정체성을 부여한 이름이 바로 대승大乘*입니다. 대승은 마하야나(Mahāyāna)라는 산스크리트어를 한자로 옮긴 말로, '큰 수레'를 뜻합니다. 혼자가 아니라 여럿이 함께 타고 갈 수 있는 '큰 수레'(대승)란 말에 자신들이 내세운 이념을 담은 것으로 보입니다.

둘, 깨달음을 추구하는 살아있는 자는 누구나 보살

보살이란 말은 불교신자가 아니어도 한 번쯤은 들어보았을 겁니다. 그런데 이 보살이란 용어도 구체적으로 들어가면 여간 복잡한 것이 아닙니다. 여기서는 그 핵심만 알아보도록 하겠습니다.

　　'보살菩薩'은 대승불교 개혁운동을 이끈 주체들이 표방한

＊　　대승불교를 이해하는 데 두 권의 책에서 도움을 받았습니다. 『도올 김용옥의 금강경 강해』(통나무, 1999)와 화공 스님이 강설한 『유마경과 이상향』(민족사, 2014)으로, 비전공자도 이해하기 쉽게 설명하고 있습니다.

새로운 인간상, 목표로 하는 인간의 모습입니다. 그 이전 불교(초기불교, 부파불교)가 추구한 건 '아라한'이었습니다. 그럼 아라한과 보살의 차이는 무엇일까요?

아라한이란 무엇인지 그 개념부터 설명해 들어가면 우리는 또 다시 미로를 헤매게 될 겁니다. 아라한과 보살의 차이에서 제가 주목하는 점은 한 가지입니다.

대승 이전의 보수적인 교단이 추구한 '아라한'은 출가한 비구승(남자스님)만이 그 경지까지 오를 수 있다고 설정했습니다.* 그러니까 출가하지 않은 사람 곧 재가자와 여자는 아라한이 될 수 없습니다. 달리 말하면 깨달음에 이를 수 없습니다. 그에 반해 대승이 목표로 하는 '보살'은 출가자, 재가자를 가

---

* 보수적이고 전통적인 교단은 붓다의 신격화와 더불어, 출가 비구승들은 비록 억겁의 수행을 요구하나 깨달음을 이룰 수 있는 경지, 즉 아라한까지는 다다를 수 있다는 가능성을 설정하기에 이르렀다. 재가불자들은 출가하기 전에는 깨달음을 얻을 수 없으며, 더더욱 여인은 남자의 몸을 받기 전에는 불법을 이룰 수 없다는 차별상을 두어 교단을 출가 비구승 중심의 교단으로 성격 지우게 되었다. 이에 반기를 든 진보성향의 승려들과 재가불자들이 우선 공양을 올리는 것으로 공덕을 쌓기 위하여 스투파에 몰려든 민중들을 대상으로 붓다의 근본정신, 중생구제의 정신으로 돌아가자는 새로운 운동을 펴기 시작한 것이다. 이것이 대승불교라는 종교운동이요, 또한 민중운동이기도 한 것이다.(화공 강설, 『유마경과 이상향』, 민족사, 2014, p.45)

리지 않고 누구나 될 수 있습니다. '아라한'으로부터 '보살'로의 전환을 대승불교운동이라고 보아도 됩니다.**

보살菩薩은 산스크리트어 보디사트바(bodhisattva)를 한역한 보리살타菩提薩埵에서 온 말입니다. 보디(bodhi)는 깨달음이란 뜻이고 사트바(sattva)는 살아 있는 자, 유정有情을 말합니다. '깨달음을 추구하는 사람'이 보살인 것입니다.

요약하면 부처님 입멸 후 전통적인 교단(초기불교, 부파불교)은 이론을 중시하고 개인의 깨달음을 추구하는 폐쇄적인 방향으로 전개되었습니다. 출가한 비구승만이 '아라한'이 될 수

** "이들 새로운 진보세력이 성문聲聞, 독각獨覺의 이승二乘에 대하여 새롭게 내걸은 일승一乘이 바로 보살(bodhisattva)이라는 새로운 개념이었다. 새 포도주는 새푸대에 담아야 한다! 보살이라는 개념은 곧 그들이 추구하는 새 생명과도 같은 새 포도주를 담을 수 있는 새푸대였던 것이다. 이 새 포도주를 우리가 보통 대승大乘이라고 부르는 것이다. 즉 보살이라는 개념 이전에 대승이 없고, 대승은 보살과 더불어 출발하는 것이다." "bodhisattva"는 "bodhi"라는 말과 "sattva" 두 마디로 이루어져 있다. "bodhi"는 "菩提(보리)", 즉 "깨달음"이다. "sattva"는 "살아 있는 者", 즉 "유정有情"이라고 번역되는 말이다. 80년대 우리 대학가를 풍미한 노래가사에 "산자여 따르라!"라는 말이 있다. 다시 말해서 "깨달음을 추구하는 모든 산자!" 그들이 곧 "보살"인 것이다.(김용옥, 『도올 김용옥의 금강경 강해』, 통나무, 1999, pp.89~91)

있다고 설정하기에 이른 겁니다.

이에 의문을 제기하면서 부처님의 본래 정신인 중생구제를 실천하는 것을 목표로 하는 진보적인 개혁운동이 일어납니다. 이러한 개혁운동을 대승불교운동이라고 하고, 이 대승이 추구하는 이상적인 인간이 바로 '보살'이었습니다.

인간의 근원에 깊이 뿌리 닿아 있는 사람

하나의 말(개념)이 생겨나면 그 말도 자체의 삶을 살아갑니다. 역사 속에서 변화를 겪으며 살아남기도 하고 사라지기도 합니다. 새로운 뜻이 보태지기도 하고 떨어져 나가기도 합니다. '보살'이란 말 역시 마찬가지입니다.

현재 보살이란 말은 그 말이 생겨난 인도에서는 불교와 함께 사라졌습니다. 그런데 2천 년이 더 지나 우리 땅에서는 널리 쓰이고 있습니다.

각종 선거철이 되면 불안한 일부 후보들은 여전히 용하다는 00보살을 찾아가곤 합니다. 이렇게 보살은 신점神占을 보는 여자무속인의 호칭으로 쓰이기도 하고, 프로야구팀 한화의 팬을 부를 때 쓰이기도 합니다. 「무엇이든 물어 보살」이라는 TV 예능프로그램도 있습니다. 이렇듯이 '보살'이란 말은 지금껏 변해 왔고 앞으로도 계속 변해 갈 겁니다.

실제 '보살'을 쉽게 만나볼 수 있는 곳은 절입니다. 보통, 나이가 좀 지긋한 여자신도를 보살이라고 부릅니다. 법명이나 이름 뒤에 붙여서 반야심보살, 청정심보살. 순희보살, 사는 곳 뒤에 붙여서 마포보살, 분당보살……

동훈 어머님이 겸덕을 찾아 산사에 가는 장면이 나옵니다. 이름이 요순이니 요순보살, 사는 곳이 후계동이니 후계보살이라고 부를 수 있겠네요. 이렇게 해서 현재 대한민국은 보살이 가장 많은 나라입니다.

그렇다면 지금까지 이름이 가장 많이 불린 보살은 누구일까요? 아마도 관세음보살일 겁니다. 타고난 보살이셨던 어머니는 새벽마다 「천수경」을 독경하셨는데요, 어려서부터 매일 듣다 보니 중학생쯤 되니 저도 모르게 흥얼거리게 되더군요. 이 천수경의 주인공이 바로 관세음보살입니다. 중생구제를 위해 천 개의 손(천수千手)과 천 개의 눈을 가졌다는 관세음보살의 광대한 자비심을 찬양하고 공덕을 기리는 경입니다. 천수경 가운데 '아약향지옥我若向地獄 지옥자고갈地獄自枯渴'이란 구절은 '내가 지옥을 향하면 지옥이 스스로 말라서 없어진다'는 뜻으로 관세음보살의 큰 위신력을 보여줍니다. 그리고 이 지옥에서 고통 받는 중생들을 모두 구제하기 전까지 자신은 성불하지 않겠다는 큰 원願을 세운 보살이 계시니 바로 지장보살입니다. 지옥도 말라서 없애버리는 관세음보살의 능력과 지옥중생을 모두 구제하겠다는 지장보살의 소원, 멋지지 않나요? 그래서 꼭 불교인이 아니더라도 두 보살의 이름은 들어보았을 정도로 널리 알려지게 되었고 대중들에게 사랑받는 보살이 된 모양입니다.

어머니의 천수경 독경은 외할머니로부터 대물림된 것입니다. 두 분 보살은 천수경을 외우면서 어떤 서원을 세웠을까요? 이 땅의 수많은 보살들이 두 손으로 수고한 보살행이 있었기에 이만큼이라도 사람 살 만한 세상으로 만들어 온 건 아닐까 생각합니다. 뿌리 깊은 우리의 관음신앙과 지장신앙은 역사적 변천을 거쳐 오늘에 이르지만 거슬러 올라가면 대승불교가 꿈꾸었던 그 보살정신과 맞닿아 있습니다.

앞에서 아라한불교에서 보살불교로의 전환을 대승이라고 보아도 된다고 했습니다. 대승운동을 시작한 사람들은 '왜 출가자만이 아라한이 될 수 있지?' 하고 의문을 던진 겁니다.

이 질문을 처음으로 한 사람은 누구였을까요? 출가자만 아라한이 될 수 있다는 건 다른 사람은 배제하겠다는 뜻입니다. 이 차별에 의문을 제기한 것이죠. 그건 분명 부처님 뜻에도 맞지 않는다고 생각한 겁니다. 그 옛날 인도사회의 계급차별을 반대하고 인간을 넘어 생명 있는 모든 존재의 절대평등을 선언하신 분이 부처님이었기 때문입니다.

아마도 당시 이런 생각을 한 사람들은 꽤 있었을 겁니다. 그렇지만 이 말을 처음으로 입 밖으로 꺼내서 주변사람들과 소통하고 설득한 사람, 그 한 사람이 있었을 텐데요, 그 한 사람(其人)이 궁금합니다.

그 한 사람의 의심 하나가 인류의 사고수준을 한 단계 들어 올린 겁니다. 이렇게 기존의 이론과 질서에 의문을 제기하는 것은 지금도 여전히 유효할 뿐만 아니라 인류가 앞으로 나아가는 힘의 원천이기도 합니다.

진정 우리에게 필요한 건 질문하는 힘입니다.

그런데 제가 본 드라마 「나의 아저씨」가 우리에게 질문을 던집니다. 인간이란 무엇인지? 사람은 마땅히 어떻게 살아야 하는지? 묻고 있습니다.

「나의 아저씨」의 기획 의도 가운데 한 구절입니다.

'사람에게 감동하고 싶다.

요란하지는 않지만 인간의 근원에 깊이 뿌리 닿아 있는 사
  람들.'

인간의 근원에 깊이 뿌리 닿아 있는 사람들은 어떤 사람일까요?「나의 아저씨」가 만나고 싶어 한 '인간의 근원에 깊이 뿌리 닿아 있는 사람', 그 사람이 제 눈에는 바로 대승에서 말하는 '보살'로 보입니다.

『연금술사』로 우리에게도 잘 알려진 세계적인 작가 파울로 코엘료는「나의 아저씨」를 보고 "인간의 심리를 완벽히 묘사한 작품이네요. 엄청난 각본, 환상적인 연출, 최고의 출연진에게 찬사를 보냅니다."라는 극찬의 메시지(2020. 10. 18)를 자신의 트위터에 올렸습니다.

이렇듯 방영한 지 6년이 지난 드라마가 한국인을 넘어 세계인들에게까지 인생드라마로 회자되는 이유는 무엇일까요?

그건「나의 아저씨」가 인간의 근원에 대한 질문을 던지고 있기 때문입니다. 그리고 그 질문과 답은 보살사상과 이어져 있다는 것이 저의 생각입니다.

'정희네', 보살의 도량

'대승보살'이란 해석 도구를 어느 정도 이해했으니 이제 본격적으로「나의 아저씨」로 들어갈 볼까요? 후계동 '정희네'로 다시 가 보겠습니다.

겸덕은 출가자, 정희는 재가자. 아라한불교(초기불교, 부파불교)로 말한다면 정희는 아라한이 될 수 없습니다. 재가자이고 여자이니 말이죠. 그렇지만 대승에서는 득도得道하는 데 겸덕과 정희는 차이가 있을 수 없다고 말합니다. (예전에는 대승 이전의 불교를 '소승小乘'이라고 불렀습니다만, 이 용어가 얕잡아 보는 뜻이 있어 지금은 쓰지 않고 초기불교 또는 상좌부(테라와다)불교라고 합니다. 저는 '대승불교'와 대비해 '아라한불교'라는 말을 이 리뷰에서 씁니다.)

대승에서 보면 정희도 보살이고 '정희네'도 도량인 겁니다. "너, 여기서 득도 못해."라는 말을 들었을 때 곧바로 떠오른 단어가 '대승'이고 '보살'입니다.

밤마다 '정희네'에 모이는 아저씨들 또한 재가자입니다. 매일매일 전쟁터 같은 삶의 현장에서 나의 생존과 가족의 안녕을 위해서 온몸으로 도를 닦는 보살들입니다. 보살은 지금처럼 여자에게 한정해서 쓰던 말이 아니었습니다. 깨달음을 추구하는 아저씨도 당연히 보살입니다. 뒤에서 우린 멋진 아저씨보살 한 명을 만나게 될 겁니다.

대승불교의 가장 중요한 경전 가운데 하나인 『금강경』의 첫 장면은 석가모니 부처님이 1,250명의 수행자들과 함께 사

위성 안으로 걸어 들어가 차례로 걸식乞食하는 모습을 그리고 있습니다. 태국, 미얀마 등의 남방불교 수행자들은 지금까지도 여전히 부처님 당시와 마찬가지로 걸식을 통해 몸의 항상성을 유지해 나갑니다.

한 명의 아라한을 키우기 위해서는 몇 명이나 되는 재가자의 노력이 있어야 하는 걸까요? 걸식 바릿대에 받는 음식은 노동의 산물입니다. 재가자들은 자신의 땀으로 얻은 밥을 수행자들에게 기꺼이 내어주는 방식으로 자비를 실천하는 수행을 하는 것입니다. 하지만 전통교단은 이러한 자비수행을 하는 재가자들은 아라한이 될 수 없다고 설정했습니다. 해탈할 수 없다고.

그러나 해탈할 수 없는 바로 그들이 출가한 비구와 비구니들을 해탈시키기 위해 보시하고 공양하고 있지 않은가? 그러니 실제로 누가 더 이타적인가? 비구나 비구니들이 타인의 보시에 의거함으로써만 비로소 공부하고 명상 수행할 시간을 갖게 되는 것인데, 그처럼 타인의 공덕에 의해서만 가능한 그 시간 속에서 자기 자신만의 해탈을 기도하고 있다면 그것은 지극히 이기적인 일이 아닌가?

결국 어리석으나 착한 자, 비록 세속에서 살아도 깨끗하고 바르게 사는 자, 그런 자들이 성불 가능성으로부터 제외되어서는 아니 되는 것이다. 참된 종교라면 소수의 비구나 비구니뿐 아니라 널리 인간 모두를 포괄하여 구제할 수 있는 큰 길을 열어야 하는 것이다. 이렇게 해서 모든 사람을 다 태워 열반에 이르게 하는 큰 수레라는 의미의 대승(大乘, Mahayana) 운동이 전개된 것이다.

_ 한자경, 『불교철학의 전개』(예문서원, 2003), pp.92~93

대승불교의 뜻을 다시 한 번 새기고자 인용을 했습니다. 반복이 중요하죠. 우리 뇌는 그래야 잘 기억할 수 있다고 합니다.

참고로 중국으로 건너간 대승불교는 당나라 때 이르러 선禪불교로 꽃이 핍니다. 선불교에는 '일일부작 일일불식'一日不作一日不食이란 백장선사(百丈懷海, 749~814)의 청규淸規가 전해져 옵니다. '하루 일하지 않으면 하루 먹지 말라.'는 원칙입니다. 노동을 하면서 수행하는 방식을 취한 것입니다. 선불교가 위대할 수 있었던 여러 이유 가운데 하나가 아닌가 합니다.

겸덕을 향한 정희의 외침, "나같이 지랄 맞은 년이랑 살아봐야 득도해."라는 말에 담긴 뜻은, 도道란 내 삶과 내 가족을 떠나 따로 있지 않다는 말이 아닐까요? 그래서 승僧과 속俗의 차별 없이 누구나 득도할 수 있다는 대승이 나온 겁니다. 대승은 혁명적인 발상의 전환을 한 것입니다. 깨달음의 길(道)을 걸어가는 사람은 누구나 보살입니다.

정희와 겸덕 둘 다 보살의 길을 가는 것입니다. 각자가 삶의 현장에서 보살드라마의 스토리를 엮어 가는 겁니다. 그 스토리가 모여 「나의 아저씨」가 완성된 것입니다.

보살의 길(道)은

끝이 없습니다. 대승은 아마 이렇게 말하고 싶어 했는지도 모르겠습니다. '자신 안의 고요와 평화를 찾으시오. 흔들리지 않는 내 안의 열반적정涅槃寂靜을 찾으시오. 그게 아라한이라오. 아라한까지 빨리 오시오. 그런데 그 아라한이 끝이 아니라오. 이제 다시 시작이라오. 저 중생 속으로 들어갑시다. 지랄 맞은 여편네가 있는 집으로, 나를 밟고 올라서려는 경쟁자들이 우글거리고 있는 일터로. 내 삶의 현장 바로 거기가 도를 펼 곳이라오. 그곳이 도를 실천할 곳이라오. 저잣거리 시장 한가운데서도 깨지는 않는 고요와 평화가 참 고요고 진짜 평화라오. 그렇게 대승보살의 길을 갑시다.'라고요.

그런데 보살은 왜 그곳으로 가야 할까요?

거기에 사람이, 중생이, 뭇 생명이 있으니까요. 그 뭇 생명이 바로 나의 삶의 뿌리이니까요. 함께 살아가야 합니다. 각자도생일 수 없습니다.

'너 혼자 아라한 되어서 뭐할 건데?'라고 질문을 던진 거죠. '나 혼자 도인이 되어서 열반에 안주해서 가만히 있을 게 아니구나. 아니 가만히 있을 수가 없구나. 같이 가야 하는구나. 같이 갈 수밖에 없구나.' 하는 걸 느낀 거죠.

이것을 한 문장으로 표현한 것이 상구보리 하화중생上求菩提 下化衆生입니다. '위로는 깨달음을 구하고 아래로는 중생을 교화한다.' 대승보살의 이념이자 사명입니다,

문제는 보살이 도를 닦는 곳, '지금 여기' 도량이 하루 스물네 시간 탐·진·치(貪·瞋·癡: 욕심, 성냄, 어리석음)가 부딪히는 곳이라는 점입니다.

당장 「나의 아저씨」 속, 박동훈 부장은 잘못 전달된 상품권 5천만 원에 잠시 탐심이 발동합니다. 순간 실업자 형의 얼굴이…… 그 맏아들이 안쓰러워 집을 담보로 대출이라도 알아보자고 찾아왔던 어머니도 떠올랐을 겁니다.

이때를 놓치지 않고 현장을 낚아챈 지안은 동훈의 서랍에 있던 상품권을 빼돌려 사채를 갚으러 갑니다. 상품권을 받은

사채업자는 장물임을 한눈에 알아보고 또 다른 작업을 걸려고 합니다. 그런데 이 상품권은 대표이사의 묵인 하에 반대편 박동운 이사를 제거하려는 또 다른 비열한 작전에서 출발한 것입니다.

탐·진·치가 그야말로 꼬리에 꼬리를 물고 일어나는 현장입니다. 이곳이 바로 보살이 도를 닦아 나가야 하는 도량입니다.

이렇듯 보살의 길은 쉽지 않은 길이라 크게 한 번 마음을 내야 합니다. 그래서 대승보살의 삶에서 늘 강조하는 것이 발심發心입니다. 보살의 길을 기꺼이 걷겠노라는……

육바라밀의 출발, 보시

보살로 살겠다고 발심하는 건 좋습니다. 그런데 문제는 보살의 길이 끝이 없는 길이라는 점입니다. 한번 들어서면 보살 외길입니다. 그 길을 걷고 또 걷고 걸어갈 뿐입니다. '오직 할 뿐!'의 세계입니다.

그럼 보살은 무엇을 해야 할까요?

템플스테이 참가자들과 차담을 나누며 "보살의 여섯 가지 실천 덕목을 들어보신 적이 있으신가요?" 하고 물어보기도 합니다.

"아뇨."

"지금 어느 방에 묵으시죠?"

"보시방요."

"보시방 옆에 지계, 인욕, 정진, 선정 이렇게 다섯 개의 방이 있고, 아래 제가 묵고 있는 방 이름이 지혜, 이렇게 여섯을 일러 육바라밀이라고 합니다."

대승보살이 해야 할 일, 바로 보시, 지계, 인욕, 정진, 선정, 지혜의 육바라밀*입니다. 보살은 육바라밀을 닦아 나가는 겁

---

*   우리나라 불교에서 가장 중요시하는 보살의 실천행이다. 생사의 고해를 건너 이상경인 열반의 세계에 이르는 실천수행법인 육바라밀 六波羅蜜은 보시布施·지계持戒·인욕忍辱·정진精進·선정禪定·반야바라밀般若波羅蜜 등의 여섯 가지로 구성되어 있다.
   자기의 인격완성을 위하여서는 원시불교의 사제四諦와 팔정도八正道의 가르침으로 충분하지만, 대승불교에서는 이에 만족하지 않고 보살의 수행법으로서 팔정도를 채택하지 않고 육바라밀이라는 독자적인 수행법을 설하였다. 그것은 팔정도가 자기완성을 위한 항목만을 포함하고 있기 때문에 이타利他를 위하여는 충분하지 않으며, 보시와 인욕과 같은 대사회적인 항목을 포함하고 있는 육바라밀이 보살의 수행법으로 알맞다고 생각되었기 때문이다. 육바라밀의 수행법에서 보시를 제일 먼저 둔 까닭도 사회의 모든 사람이 상호협조적인

52

니다.

육바라밀의 첫째 덕목이 무엇인가요? 네, 보시입니다. 베푸
는 것이죠. 보살의 시선은 처음부터 나 개인을 넘어 이웃을 향
해 있는 겁니다. 큰 수레에 함께 타고 가겠다는 대승의 정신이
잘 녹아 있는 것이죠.

다시 드라마 속으로 들어가 보시죠.

정희가 난리를 치고 간 뒤 겸덕은 휴대폰과 책 등 개인소지
품을 방 밖으로 내어 놓고 문을 밖에서 닫아걸게 합니다. 공양
도 거부한 채 면벽面壁수행에 들어갑니다. "내 마음이 좋으면
싫은 게 하나도 없어요."라고 대중들에게 설법을 했지만 "염
소새끼도, 풀떼기도 사랑하면서 나는 왜 안 사랑해.", "너, 여
기서 득도 못해."란 정희의 절규가 마음을 흔든 것일까요.

재미있는 건, 이렇게 두문불출 면벽수행에 들어가려는 순
간, 문자가 옵니다.

보시자선을 행하는 것이 대승불교로서는 가장 필요한 정신이었기
때문이다. 육바라밀에는 팔정도의 모든 것이 포함되어 있는 이외에
팔정도에 없는 보시와 인욕이 포함되어 있으며, 이 두 가지만은 대
사회적인 것으로서 이타적인 대승불교의 특질을 나타내고 있다.(『한
국민족문화백과 대사전』)

'74년생 올해 삼재니?'

주지스님 대신 어린 스님이 답장을 보냅니다.

'주지스님은 지금 정진중이십니다.'

동훈의 답 문자입니다.

'잘났다.'

산사에서 수행하고 있는 겸덕과 비교해 정희의 삶은 어떠한지 봅시다. 늦은 밤, 손님들이 모두 돌아가고, 오늘따라 만취해서 비틀비틀 이층 방으로 올라갑니다. 세수를 하려다 넘어져 코에서 피까지 납니다. 그래도 정신 줄 놓지 않고 하루를 마무리하려 합니다.

정희　"엎어질 순 있습니다. 괜찮습니다.
　　　씻는다는 게 중요합니다. 그게 제정신인 겁니다.
　　　어디서 피가 흘렀을까요? 어휴 씨~
　　　괜찮습니다. 괜찮습니다. 괜찮습니다.

빨래를 하면 그렇게 취한 게 아닙니다.

그날 입은 걸 빨면 난 아직 괜찮은 겁니다. 제정신인

겁니다.

겸덕　(산사로 자신을 찾아왔던 동훈을 마중하고 자신의 방으로

들어와 손과 얼굴을 씻는다)

정희　씻었고 속옷도 빨았습니다. 나는 오늘 일과를 다 했

습니다.

나는 망가지지 않았습니다.

나는 잘 살고 있습니다. 이제 시체처럼 자겠습니다.

겸덕　(욕실에서 나와 방으로 들어와 벽을 마주하고 두 손을 모으

고 방석에 앉는다.)

〈나의 아저씨〉 11화

정희가 힘겹게 하루를 마감하는 모습을 육바라밀로 돌아보

겠습니다.

먼저, **보시布施**는 베푸는 것입니다. 정희가 베푸는 보시는

무엇일까요? 정희보살이 베푸는 보시는 재財보시, 법法보시,

무외시無畏施 가운데 무외시가 아닐까요. '무외시'란 내 이웃

이 겪는 고통을 위로하고 공포를 없애주며 사랑으로 따뜻이

감싸주는 것을 말합니다. '정희네'를 찾아오는 손님들에게 베

푸는 게 무외시로 보입니다.

지계持戒, 계율을 지킨다는 뜻입니다. 정희가 "나는 망가지지 않았습니다." 하고 말하는 건 오늘 하루도 지계, 즉 하지 말아야 할 것은 하지 않고 해야 할 일은 해서 마쳤다는 걸 말하는 겁니다.

인욕忍辱은 글자 뜻 그대로 해석하면 참는다는 것입니다. 그런데 이게 모든 걸 참는다는 뜻은 아니겠지요. 더구나 보살의 덕목으로서 '참는다'는 건 무엇일까요? 인욕한다는 건 '수용한다, 받아들인다'는 의미가 더 큽니다. 다시 말해서 '진리를 수용한다. 그것이 길(道)이라서 참을 수 있다'는 거죠. 정희의 '괜찮습니다. 괜찮습니다."라는 말에 오늘 하루도 인욕했음을 알 수 있습니다.

정진精進은 게으름 피우지 않고 부지런히 나아간다는 뜻이죠. 정희의 "씻었고 속옷도 빨았습니다." 아무도 보지 않는 혼자만의 방이지만 속옷까지 빨아 널고 자는 건 정진입니다.

선정禪定은 '깨어 있음'입니다. 보통 선정이라 함은 참선이나 명상을 통해 도달한 무심無心의 경지를 말하는 것이죠. 그런데 이 깨어 있음은 명상이 아니라 평상시에도 깨어 있어야 합니다. 깨어서 일처리를 마땅하게 하는 것이 일상에서의 깨어 있음, 선정입니다. 이를 일상삼매라고 합니다. 보살은 이 일상삼매에서 일을 처리하는 사람입니다. 정희가 "제정신입니다."라고 하는 것은 술에 취해 비틀거려도 깨어 있으려는 것입니다. 깨어서 하루를 마무리하고 잠자리에 들어가려는 것, 이것이 정희의 선정입니다.

'시체처럼 자겠습니다' 역시 선정으로 들어가는 거지요. 잠도 일종의 선정, 명상입니다. 생각을 멈추고 욕심을 내려놓아야 숙면의 세계로 들어갑니다. 이게 힘들어 불면에 시달리는 분들이 얼마나 많습니까? 시체처럼 푹 자야 내일 또 보살도를 할 수 있겠죠.

지혜智慧는 실상을 실상 그대로 보는 것입니다. 있는 것을 있는 그대로 보는 것이 왜 어려울까요? 무지無知와 아집我執 때문입니다. 나의 욕심, 편견으로 왜곡해서 보게 됩니다. 그래서 지혜는 반드시 선정과 짝을 이룹니다. 보조국사 지눌(知訥, 1158~1210) 스님은 정혜쌍수定慧雙修라고 했죠. 선정과 지혜는 함께 닦는 것입니다. 선정을 통해 무지와 아집을 내려놓아야 바른 지혜가 생기고, 바른 지혜가 생기면 선정에 듭니다. 정희의 하루를 마감하는 모습을 보면 선정과 지혜를 함께 쓰려는 모습이 보입니다.

"나는 오늘 일과를 다 했습니다."

하루가 한 생입니다. 한 생 한 생을 육바라밀로 나아가는 것, 그것이 보살의 길(道)입니다. 이렇게 보면, 우리 모두는 일상에서 각자 육바라밀을 적절하게 쓰고 있습니다.

겸덕 보살의 스마트폰

여기도 사람 사는 데

출근길 전철 안에서 동훈은 친구인 겸덕에게 문자를 보냅니다.

'억지로 산다. 날아가는 마음을 억지로 당겨와, 억지로 산다.'

겸덕의 답 문자입니다.

'불쌍하다, 니 마음. 나같으면 한 번은 날려주겠네.'

문자 확인 후 발길을 돌려 겸덕이 있는 산사로 몸도 마음도 한 번 날려봅니다.

산사에서 마주한 겸덕은 펑크 난 트럭의 타이어를 교체하고, 기와를 옮기고……, 동훈도 팔을 걷고 거듭니다.

동훈   나 안 왔으면 어쩔 뻔했냐?

        주지가 무슨 노가다도 아니고……

겸덕   작은 절 주지는 별 거 다 한다. 운짱에, 정원사에, 목
        공에, 포클레인도 운전한다. 구덩이 잘 파.

        연못도 파. 팔 거 있으면 말해.

<나의 아저씨> 11화

식사 후 툇마루에서 둘이 나누는 대화입니다.

동훈   안 쓸쓸하냐?

겸덕   쓸쓸은. 맨날 말하잖냐. 여기도 사람 사는 데라고.

동훈   학력고사 만점에, 뭘 해도 됐을 놈이……

겸덕   그놈의 만점 얘기 좀 그만해라. 여기서도 그 얘기. 아
        주 지겹다.

<나의 아저씨> 11화

산속 절이라고 해서 속세와 별반 다르지 않습니다. '여기도 사람 사는 데'랍니다. 사람 사는 곳이니 이곳이라고 탐·진·치가 비켜 가진 않을 겁니다. 작은 절이다 보니 주지가 노가다 하듯이 몸을 움직여야 그나마 도량 정리가 될 겁니다. 절이라고 해서 흔히 말하는 엔트로피 법칙을 벗어날 순 없겠죠. 사람을 두어 편하게 관리하기로 말하면 살림살이를 걱정해야 할 겁니다.

찬바람이 불기 시작하면 모두 난방비가 걱정이시죠? 좀 규모가 있다 하는 절이면 한겨울에 전기세가 얼마나 나올까요? 한 달에 천만 원이 넘게 나옵니다. 그 전기세는 무슨 돈으로 낼까요? 거기에 스님이 모는 트럭의 기름 값, 보험료, 핸드폰 요금, 공양을 위한 쌀값, 부식비 등등…… 여기도 '사람 사는 데'입니다.

정희가 앞에서 "너, 여기서 득도 못해."라고 했지만 이곳 산속 '여기서'는 후계동과 별반 다르지 않습니다. 따라서 산속이건 속세건 모두 보살행을 해야 할 곳, 도량입니다.

그럼 이 산속에서 도를 닦고 있는 겸덕보살이 친구에게 주는 법문 한자락 들어볼까요.

동훈   그냥, 나 하나 희생하면, 인생 그런대로 흘러가겠지

싶었는데……

겸덕　희생같은 소리 하네. 니가 무슨 육이오 용사야, 임마. 희생하게. 열심히 산 거 같은데, 이뤄놓은 건 없고 행복하지도 않고, 희생했다 치고 싶겠지. 그렇게 포장하고 싶겠지. 지석이한테 말해봐라. 널 위해서 희생했다고. 욕 나오지. 기분 드럽지. 누가 희생을 원해? 어떤 자식이? 어떤 부모가? 누가 누구한테? 그지 같은 인생들의 자기 합리화. 쩐다, 임마.

동훈　다들 그렇게 살어!

겸덕　그럼 지석이도 그렇게 살라 그래!
　　　그 소리엔 눈에 불나지?

동훈　지석이한텐 절대 강요하지 않을 인생, 너한텐 왜 강요해?

겸덕　너부터 행복해라 제발, 희생이라는 단어는 집어치우고.

〈나의 아저씨〉 11화

"너부터 행복해라." 겸덕 스님의 설법 어떻습니까? 겸덕이 동훈에게 한 표현대로 쩔지 않나요? 제게는 대승보살의 언어로 들립니다.

우리나라 불교가 曰(왈), 대승불교거든요.

위 대사에 이어지는, 산속 '여기도 사람 사는 데'서 득도한 겸덕 스님이 친구 동훈에게 마지막으로 주는 화두話頭 같은 말입니다.

"뻔뻔하게 너만 생각해. 그래도 돼."

(뒤에 동훈은 이 화두를 푸는 것 같습니다. 제가 '동훈의 각성 씬'이라고 부르는 곳에서 한 번 보시죠.)

아무것도 갖지 않은 인간

동훈과 겸덕은 재가자와 출가자라는, 서 있는 자리는 다르지만 늘 소통을 합니다. 소통 도구는 스마트폰입니다.

드라마의 도입부에 출근길 전철에 몸을 실은 동훈이 문자를 보냅니다.

동훈 산사는 평화로운가?
     난 천근만근인 몸을 질질 끌고 가기 싫은 회사로

간다.

겸덕   니 몸은 기껏해야 백이십 근,

천근만근인 것은 니 마음.

여러분이 동훈이라면 '천근만근인 것은 니 마음'이란 메시지에 뭐라고 답하시겠습니까? 제가 관심이 가는 건 선문답 같은 문자가 아니라 스마트폰입니다.

앞에서 정희가 '너, 여기서 득도 못해.' 하고 내려간 뒤 겸덕이 문을 닫아걸고 면벽에 들어가기 전 밖으로 내 놓는 물건 가운데에서도 눈에 띄는 게 바로 스마트폰입니다.

다음은 지안과 동훈이 나누는 대화입니다.

동훈   인생도… 어떻게 보면 외력과 내력의 싸움이고, 무슨

일이 있어도 내력이 쎄면 버티는 거야.

지안   인생에 내력이 뭔데요?

동훈   몰라.

지안   나보고 내력이 쎄 보인다며요.

동훈   친구 중에 정말 똑똑한 놈 하나 있었는데, 이 동네에

서 큰 인물 하나 나오겠다 싶었는데, 근데 그놈이 대

학 졸업하고 얼마 안 있다가 뜬금없이 머리 깎고 절

로 들어가버렸어. 그때 걔네 부모님도 앓아누우시고. 정말 동네 전체가 충격이었는데, 걔가 떠나면서 한 말이 있어…… 아무것도 갖지 않은 인간이 돼 보겠다고.

〈나의 아저씨〉 8화

'아무것도 갖지 않은 인간이 돼 보겠다.' 책이 한 권 떠오르지 않나요? 네, 법정(法頂, 1932~2010) 스님의 『무소유』. 겸덕의 출가 동기인 '아무것도 갖지 않은 인간'이라는 말만 놓고 보면 『무소유』란 책이 떠오릅니다.

'무소유'보다는 '아무것도 갖지 않은 인간이 돼 보겠다.'고 산으로 들어간 겸덕의 현재 모습에 더 관심이 갑니다. 특히나 스님의 스마트폰에……

요즘 세상에 스마트폰을 가지고 있다는 건 모든 걸 가지고 있다는 뜻이기도 합니다. 은행 업무부터 각종 민원 업무까지, 그리고 SNS, 게임에, 유튜브에, 넷플릭스에……

상좌부불교 전통의 태국, 미얀마 등 남방불교 수행자들은 스마트폰 소유가 금지되어 있다고 들었습니다. 그들의 목표가 아라한이라고 한다면 너무도 당연한 계율이란 생각이 듭니다.

아마도 겸덕은 통화와 문자를 주고받는 용도로만 쓰겠지만, 아무튼 스마트폰을 어떻게 쓰느냐에 따라 아무것도 갖지 않은 인간과는 정반대의 길을 갈 수도 있습니다.

여기서 『금강경』의 걸식 이야기를 다시 떠올려 보겠습니다.

그런데 왜, 카필라성의 왕자였던 부처는 보시자들도 많았을 텐데 하필 "걸식"이란 삶의 형태를 취했어야 했을까? 그 제1의 정신은 법정스님께서 말씀하시는 "무소유" 정신이다. 李文會는 "乞食者, 欲使後世比丘不積聚財寶也(부처님께서 걸식을 하신 가장 큰 이유는 후세의 비구스님들이 재산이나 보화를 쌓아놓지 못하게 하려 하심이었다.)라는 주석을 달아놓았다.

다음, 걸식의 또 하나의 중요한 의미는 마음의 무소유다. 마음의 비움이요, 앞서 내가 한 말로 다시 표현하자면 "문둥이의 겸손"이다.

_ 김용옥, 『도올 김용옥의 금강경 강해』(통나무, 1999), pp.125~126

앞에서 수행자들에게 공양을 올리는, 즉 보시 수행을 하는 재가자는 왜 득도하지 못하느냐? 라는 의미에서 걸식을 좀 부정적으로 인용한 듯이 보이기도 합니다.

하지만 여러분이 걸식으로 식사를 해결해야 하는 수행자라고 생각해 보십시오. 결코 쉬운 문제가 아닙니다. '교만한 마음을 버리기 위한 것'이라는 걸식의 본래 의미를 깨달을 수 있을 겁니다. 무소유의 마음이 없으면 쉽게 따라 할 수 있는 수행이 아닌 것입니다. 바리때 하나 옷 세 벌로 살아가는 수행자의 청빈한 삶이라면 그 자체만으로도 우리에겐 좋은 스승입니다.

부처님께서 걸식을 한 이유 그리고 현재 남방불교 수행자들이 걸식을 하는 이유가 바로 겸덕 스님의 출가동기인 무소유와 맞닿아 있었던 것입니다.

보살의 방편, 스마트폰

스마트폰은 아라한을 추구하는 수행자에겐 방해물일지 모릅니다. 밥조차 내가 소유한 것을 먹지 않고 무소유 정신으로 걸식을 하는 수행자가 스마트폰을 가지지 않는 것은 당연해 보입니다.

그렇지만 대승보살에게 스마트폰은 중생과의 소중한 소통

채널입니다. 겸덕 스님의 스마트폰은 보살의 방편으로 보입니다. 방편으로 스마트폰을 쓸 것인가 말 것인가는 중생구제에 도움이 되는가의 여부로 판단해야 할 겁니다. 그러기 위해선 지혜바라밀이 필요해 보입니다. 스마트폰 역시 육바라밀에 맞게 써야 보살의 올바른 방편이 됩니다.

이른바 포노 사피엔스로 불리는 현대인은 이미 '디지털 감옥'에 갇혀 있기도 합니다. 그래서인지 '디지털 디톡스'라는 템플스테이 프로그램을 운영하는 사찰도 있습니다.

어떤 사람에 대한 데이터가 많이 모일수록 그 사람에 대한 감시와 제어는 더 잘 이루어지고 경제적으로도 더 잘 착취된다. 자신이 그저 노는 중일 뿐이라고만 믿는 포노 사피엔스는 실제로는 완전히 착취당하고 제어당하고 있는 것이다. 놀이터로서의 스마트폰은 디지털 파놉티콘임이 드러났다.

_ 한병철 지음, 최지수 옮김, 『서사의 위기』(다산북스, 2023), pp.49~50

이런 상상을 해 봅니다. 겸덕이 가끔은 '정희네'로 내려와 후계동 벗들, 형님 아우들이랑 곡차 한잔 나누며 그들의 **이야**

기를 들어주면 좋지 않았을까요? **이야기하기와 경청은 치유의 시작**이기도 하니까요.

> 오늘날은 스토리텔링이 넘침에도 **이야기하는 분위기가 사라지고** 있다. 병원에서조차 이야기를 거의 하지 않는다. 의사들에겐 이야기를 경청할 시간도, 인내심도 없다. 효율의 논리는 이야기의 **정신**과 조화될 수 없다. 심리치료와 정신분석만이 여전히 이야기의 치유력을 상기시키고 있을 뿐이다. 작가 미하엘 엔더(Michael Enre)의 『모모』는 경청만으로 사람들을 치유할 수 있음을 보여준다.
>
> _ 한병철 지음, 최지수 옮김, 앞의 책, pp.116~117

'정희네'에서 다정한 눈빛으로 후계동 사람들의 이야기를 경청敬聽*하고 있는 마음의 의사, 보살 겸덕을 그려봅니다. 그

---

* "경청에서 중요한 것은 전달되는 내용이 아니라 사람, 즉 타자가 누구인가. 모모는 자신의 깊고 다정한 시선을 통해 타자가 그 사람의 타자성 안에 그대로 둔다. 이는 수동적인 상태가 아닌 능동적인 행위다. 경청은 상대에게 이야기할 영감을 주고 이야기하는 사람 스스로 자신을 소중하다고 느끼고, 자신의 목소리를 듣고, 심지어 사랑받는다고까지 느끼는 공명의 공간을 연다."(한병철 지음, 최지수 옮김, 『서사의 위기』, 다산북스, 2023, pp.118-119)

길이 보살의 길이고, 의왕醫王*이시기도 한 부처님의 길을 따라 가는 길이기도 합니다. 중생구제를 위해서는 적극적으로 그들이 사는 곳으로 나아가야 합니다. 그것이 대승보살의 길입니다.

저잣거리로 나가 무애가無碍歌를 부르며 백성들과 함께했다는 신라시대 원효元曉보살처럼 말이죠.

원효는 이미 계율을 저버리고 설총을 낳은 뒤에는 속복으로 갈아입고 자기를 스스로 일컫기를 "지극히 하찮은 근기를"(小性/姓) 지닌 사내(居士)라 하였다. '어느 날' 우연히 어떤 광대가 큰 탈바가지를 가지고 춤추고 희롱하는 것을 보니 그 형상이 너무도 빼어나고 기발하였다. '원효는' 그 탈바가지의 모습을 따라 불구佛具를 만들었다. 『화엄경』에 나오는 "일체의 걸림 없는 사람이 한 길로 삶과 죽음을 벗어났느니"라는 구절을 따서 이름하여 '거리낌이 없는'(無碍) 도구라 하였다. 이에 노래를 지어 세상에 유포시켰다. 일찍이 불구佛具를 가지고 많은 촌락에서 노래하고 춤추며 교화

*　응병여약應病與藥은 병에 맞추어 약을 처방하라는 뜻으로, 중생들이 처한 처지에 맞게 법을 설하시는 부처님을 이르는 말입니다. 부처님을 의사에 비유해 의왕醫王이라고 칭하기도 합니다.

하고 읊고 돌아왔으므로 가난뱅이나 코홀리개 아이들까지
도 모두 부처의 이름을 알게 되었고 일제히 "나무아미타불"
을 부르게 되었으니 원효의 법화가 컸던 것이다.

_ 고영섭 지음, 『원효』(한길사, 1997), p.148

다시 「나의 아저씨」로 돌아와서, 겸덕은 면벽수행을 마치고
그동안 발길을 끊었던 후계동으로 걸어 내려와 '정희네' 문을
엽니다.

정희   청년으로 떠났다가 중년으로 오셨네.

　　　뭘 그렇게 봐?

겸덕   여길 왜 못 왔나… 한 시간 반이면 오는 데를… 이십
　　　년 가까이 왜 못 왔나…

　　　마음에 걸리는 게 있어서 못 왔던 거 같아.

정희   이제 걸리는 게 없니?

　　　나, 네 마음에 '걸려라, 걸려라' 하는 심정으로 괴롭게
　　　살아왔는데…

　　　나 이제 무슨 짓을 해도, 니 마음에 안 걸리는 거니?

　　　그럼 나 이제 무슨 낙으로 사니?

겸덕   행복하게, 편하게.　　　　　　　〈나의 아저씨〉 16화

설령 마음에 걸리는 게 있는 일이라도 기꺼이 할 수 있는 사람이 보살 아닐까요? 그 일이 중생을 위한 일이라면 말이죠. 물론 겸덕이 산을 내려와 정희와 가정을 이루어 사는 것이 보살이다 라고 할 순 없겠죠.

겸덕의 입장에서는 정희가 맘대로 찾아와서 수행자에게 그야말로 생떼를 부린 것으로 볼 수 있습니다. 겸덕은 인욕하며 정희를 돌려보내고, 그 흔들린 마음을 면벽수행과 선정禪定을 통해 이겨냅니다.

봉음사 토굴의 삼일 밤낮의 수행을 통해서 마음의 안정을 찾았듯이, 이번에도 자신의 방에서 면벽수행을 통해서 마음에 걸리는 것 없는 자리를 찾았습니다.

그래서 후계동을 떠난 후 20여 년 동안 발걸음을 하지 못했던 그 골목길을 기꺼이 걸을 수 있게 된 것이지요. 그리고 출가한 스님에 대한 미련을 버리지 못하는 정희의 집착을 깨주려 합니다.

이젠 마음에 걸리는 게 없으니 행복하게, 편안하게 너의 길을 가라고, 이렇게 정확하게 말해주는 것 또한 지혜바라밀입니다. 그래야 정희도 얼마간은 괴롭겠지만 새로운 길을 찾아 나아갈 수 있겠죠. 겸덕의 내공 또한 높아지고 있는 겁니다.

죄책감과 관련한 겸덕의 깨달음도 한번 들어보시죠. 후계동 골목길을 동훈과 걸으며 나누는 대화입니다.

동훈   정희가 가서 뭐라 그랬는데?

겸덕   불 질러버린대.

동훈   너 무서워서 왔냐?

겸덕   이 동네를 걷기 싫었어, 내가 죄진 것 같은 동네.

겸덕   부모형제 기대 저버리고, 친구 애인 다 버리고, 내가
       배신하고 떠난 동네. 서울 왔다가도 이 근처만 지나
       가면 마음이 안 좋아서 괜히 돌아갔어.
       생각나면 잘라버리고, 생각나면 잘라버리고……
       생각을 잘라내는 게 아니고… 죄책감을 잘라냈어야
       하는데… 뭘 잘라내야 되는지도 모르고 머리만 자른
       거지 뭐.

〈나의 아저씨〉 16화

   겸덕 또한 또 하나의 깨달음을 얻은 것 같습니다. 잘라내야
할 것은 생각이 아니라 죄책감이었다고.
   후계동 골목길을 다시 걸을 수 있게 된 겸덕은 동훈과는 이
전처럼 스마트폰으로 소통을 계속 이어가겠죠. 한번 발을 뗐
으니 죄책감을 내려놓고 후계동도 보다 편하게 내려올 수 있

지 않을까요? 정희와도 소통을 시작할 수 있지 않을까 하는 상상을 해봅니다.

이어지는 세 번째 이야기에서 우리는 무소유가 아닌 풀 (Full) 소유 아저씨를 만날 겁니다. 그런데 이 아저씨가 위대한 보살이랍니다. 보살에게는 무엇을 소유할지 말지가 중요한 것이 아니라 무엇을 할지, 즉 일이 중요합니다. 소유가 중생을 위한 일에 도움이 된다면 소유를 할 수도 있고, 무소유를 보여주어야 한다면 기꺼이 무소유의 삶을 사는 것이 보살입니다.

아저씨보살을 소개합니다

아저씨보살, 유마거사

여기 진짜 멋진 보살을 소개합니다. 인류역사상 가장 위대한 보살. 그런데 이 보살이 「나의 아저씨」의 주인공 동훈처럼 아저씨입니다.

'정희네' 술집에 모여 '테스트테론! 테스트테론!'을 외치며 잔을 비우는 후계동 아저씨들과 똑같이 처자식이 있는 아저씨입니다. 그렇지만 드라마 속 아저씨들과는 결정적인 차이가 하나 있습니다. 돈이 많습니다. 엄청난 부자입니다.

이 아저씨보살의 이름은 '유마 힐維摩詰.'

이 아저씨보살을 주인공으로 해서 쓴 드라마가 바로 『유마경維摩經』입니다. 경經이란 아무 책에나 가벼이 붙일 수 있는 게 아니죠. 더구나 『유마경』은 대승경전의 가장 꼭대기에 자리한 책 가운데 하나입니다.

처자식과 권속, 요즘 말로 하면 회사직원을 거느린 돈 많은 아저씨 이야기가 대승경전의 최고봉이라니, 재미있지 않나요?

이 『유마경』은 「나의 아저씨」만큼이나 흥미진진한 드라마입니다.

제가 보기엔 인류 역사상 가장 위대한 경전 가운데 하나입니다. 그런데 이 드라마가 요즘엔 많이 읽히진 않는 것 같습니다.

제가 젊은 친구들과 「나의 아저씨」를 소재로 대화를 나눌 때 늘 『유마경』이야기를 하는데, 『유마경』을 읽은 친구가 없을 뿐더러 대부분은 경의 이름조차 알지 못했습니다. 하지만 일찍이 수행자들 사이에선 중요한 경전으로 여겨져 왔던 책입니다. 그래서인지 좋은 우리말 번역본을 쉽게 구해 볼 수 있습니다.

「나의 아저씨」를 보면서, 그리고 보고 난 후에도 제 머릿속을 떠나지 않은 책이 바로 『유마경』이었습니다.

대승은 출가자, 재가자를 가리지 않는다고 했습니다. 유마는 재가자입니다. 설정이 그래야 드라마가 재미있겠죠. 아무튼 『유마경』 작가의 상상력과 스토리를 짜 가는 능력은 대단합니다. 인류사 최고의 스토리 작가가 아닐까 하는 생각을 해봅니다.

보살 드라마의 끝판 왕 『유마경』의 주인공 유마는 어떤 사람인지 한번 보시죠.

우선 자재무량資財無量이라, 재산이 헤아릴 수 없다고 합니다. 유마는 부자입니다. 바이샬리(Vaisali)라는 도시에 사는, 요즘말로 하면 재벌입니다. 그런데 이 재벌회장이 깨달은 도와 신통력이 부처님의 십대제자를 넘어선다는 데 이 드라마의 묘미가 있습니다.

이렇게 보면 지금 우리나라의 재벌회장들도 보살로 살 수 있다는 겁니다. 아니 보살로 살아야 하는 거죠. 그들이 보살로 살아간다면 우리 사회가 좀 더 살 만한 곳이 되지 않을까요. 이렇게 각자도생을 외쳐야만 하는 사회로 빠지진 않았을 겁니다. 그런 점에서 유마거사가 살았던 바이샬리는 꽤 살 만한 도시였을 겁니다.

유마를 설명하고 있는 구절을 더 음미해볼까요.

그는 재산이 매우 많아서 가난한 백성을 잘 보살펴 주었고,

청정한 계율을 받들었고, 계율을 범하는 이들을 많이 포용
했다. 인욕으로써 행동을 다스려 모든 분노를 잠재웠고, 큰
정진으로써 모든 게으른 마음을 억눌렀다. 일심으로 고요
한 선의 경지에 들어가 모든 산란한 마음을 씻어버렸으며,
확실한 지혜로써 모든 지혜 없는 이들을 가르쳤다.

_ 무비 옮김, 『유마경』(민족사, 2019), p.26

위 구절은 유마거사가 대승보살의 수행덕목인 육바라밀을
끝내주게 잘했다는 걸 보여줍니다. 우린 이미 앞에서 보살 정
희의 하루를 통해 육바라밀을 살펴보았습니다.

마음이 쓰려서 잠이 와, 어디

「나의 아저씨」에도 재산이 많은 분이 한 분 나오죠. 바로 동훈
과 지안이 다니는 회사 삼안E&C의 장 회장입니다. 중견 건설
엔지니어링 회사를 이루었으니 그의 부富가 적다고 할 순 없
겠지요. 장 회장의 후계구도를 놓고 도준영 대표와 왕 전무가
두 패로 나뉘어 벌이는 대결이 드라마의 큰 축 가운데 하나입
니다.

장 회장의 보살도를 보여주는 몇 장면이 나옵니다. 그 보살
도를 불러일으키는 사람이 바로 지안입니다.

상무이사 자리를 놓고 승진 경쟁이 한창 벌어지고 있는 가
운데 일반사원 면접자리에 장 회장이 예고 없이 들어와 지안
의 발언을 듣습니다.

지안 　전 오늘 잘린다고 해도, 처음으로 사람대접 받아봤
　　　고, 어쩌면 내가 괜찮은 사람일 수도 있겠다는 생각
　　　이 들게 해준 이 회사에, 박동훈 부장님께 감사할 겁
　　　니다. 여기서 일했던 삼 개월이 이십일 년 제 인생에
　　　서 가장 따뜻했습니다. 지나가다 이 회사 건물만 봐
　　　도 기분이 좋아지고…, 평생 삼안이앤씨가 잘 되길
　　　바랄 겁니다.

〈나의 아저씨〉 12화

그렇지만 상대편 윤 상무 쪽은 지안의 살인 이력을 들춰내
회사 내에 퍼트리고, 지안은 회사를 떠납니다.

회장 　그래서? 결국 못 다니게 만든 거야?
　　　왜이래들, 임원씩이나 돼서. 왜 자꾸 하지 말라는 짓

을 해?

내가 저번에 들어가서 주의를 줬지, 이런 짓 하지 말
라고. 알아들었어야지.

이런 회사 누가 다니고 싶어? 임원들이란 사람들이
직원들 뒤나 캐고, 험담이나 하고, 누가 다니고 싶어?
찾아와, 그 친구 찾아와.

준영 이미 소문 돈 이상, 그 친구도 계속 다니긴……

회장 내가 사과라도 해야 될 거 아냐. 다른 데 취직이라도
시켜줘야 될 거 아냐.

마음이 쓰려서 잠이 와? 이게.

왕전무 꼭 찾겠습니다. 걱정 마십시오.

〈나의 아저씨〉 14화

"마음이 쓰려서 잠이 와? 이게." 파견직 여직원의 아픔에 잠
을 뒤척이는 회장의 마음이야말로 연민의 마음이요, 보살의
마음입니다. "내가 사과라도 해야 될 거 아냐."란 말도 당연한
말로 들리지만 상식이 잘 통하지 않는 사회에선 쉬운 말이 아
닙니다. 보살은 무슨 대단한 신통력을 부려 중생을 구제하는
슈퍼맨이 아닙니다. 상식을 실천하는 사람입니다.

오늘, 우리 사회의 문제는 이 상식이 무너지는 데 있는 거

아닌가요? 돈과 권력을 가진 자들이 상식을 무시하니 각자도
생을 말할 수밖에 없었을 겁니다.

상식의 실천! 보살의 가장 큰 신통력입니다.

다시 「나의 아저씨」로 돌아와서, 도준영 대표와 동훈 일 그
리고 이지안 일까지 다 알고 난 후 장 회장은 동훈과 식사자리
를 갖습니다. 식사를 마치고 헤어지는 자리에서,

회장　식사 어땠어?

동훈　네, 맛있었습니다.

회장　별로 먹지도 못하더구먼. 이지안 그 친구 벌 다 받고
　　　나오면 나한테 전화하라고 그래. 꼭. 그냥 하는 소리
　　　아냐.

동훈　네, 감사합니다.

회장　빛을 봤으면 끝까지 봐야지. 환하게. 보다 말아서야
　　　쓰나.

〈나의 아저씨〉 15화

그 후 지안이 빛을 볼 수 있도록 길을 열어줍니다. 빛을 보
았으면 환하게 볼 수 있도록 끝까지 밀어주는 것, 이게 바로
보살의 마음입니다. 장 회장이 지안의 일자리를 주선해줍니

다. 유마와 같이 부자여서 가능한 보살도로 보입니다.

「나의 아저씨」의 인상적인 엔딩 장면, 지안이 사원증을 목에 걸고 동료들과 밝은 모습으로 걸어가는 모습 뒤에는 바로 장 회장의 보살도가 있었습니다.

> 비록 세속의 옷을 입었으나 사문沙門이 지키는 청정한 계율을 받들며, 비록 속세에서 살고 있으나 3계(三界, 욕계·색계·무색계)에 집착하지 아니하며, 처자가 있었으나 항상 청정한 계행을 닦았다. 또 권속이 있었으나 항상 멀리했으며, 비록 보배로 장식하였으나 타고난 훌륭한 상호相好로써 몸을 장엄하였다. 또 비록 음식을 먹었지만 선열(禪悅, 선정의 기쁨)로써 그 맛을 삼았다.
>
> 만약 장기나 바둑을 두는 곳에 가게 되면 그들과 함께 장기나 바둑을 두면서 제도했으며, 여러 이교도의 가르침을 받아들이되 바른 신심을 해치지 않았으며, 비록 세속의 학문에 밝았지만 항상 불법을 좋아했다.
>
> _ 무비 옮김, 『유마경』(민족사, 2019), pp.26~27

유마거사는 패션 감각도 뛰어나지 않았을까 하는 상상을 해봅니다. "장기나 바둑을 두는 곳에 가게 되면"이라고 번역

했지만 '도박장'으로 새기기도 합니다. 유마는 도박장도 들락거렸으니, 그곳에 있는 중생을 제도하기 위함입니다.

유마를 묘사하는 또 다른 장면을 보시죠.

"술집에 들어가서도 바른 뜻을 세울 수 있었다."

술집도 보살에게는 도량이라는 말로 들립니다. 만약 유마가 '정희네'에 온다면 후계동 아저씨들과 어떻게 어울릴까 하는 상상을 해봅니다.

술잔을 부딪치며 "후계, 후계, 잔을 비우게."를 함께 외치는 유마거사를 그려봅니다. 아저씨들의 술잔에 넘치는 근심과 번뇌를 비워내고 그 자리에 조금씩 조금씩 지혜를 채워 주는 유마보살의 모습이 그려집니다. 유마라면 기꺼이 그리 했을 겁니다.

유마거사가 방편方便으로 병을 앓습니다. 이에 부처님께서 열 명의 뛰어난 제자들을 한 명씩 차례로 불러 병문안을 가라고 합니다. 그런데 이 열 명의 제자 모두가 유마거사를 감당할 수 없기에 문병을 못 가겠다고 합니다.

이 열 명의 제자가 누굽니까? 바로 아라한입니다. 아라한이 재가자 유마에게 도력으로 깨지는 이야기가 『유마경』 스토리의 큰 축입니다. 대승을 알리기 위한 방편이었다고는 하지만 십대 제자가 깨지는 스토리 구성은 좀 처절하기까지 합니다. 아라한불교를 지향하는 곳에서는 『유마경』이 아마도 금서禁書목록에 들어가 있지 않을까? 생각합니다.

십대 제자에 이어 미륵보살까지 모두가 문병을 감당할 수 없다고 하니 마침내 문수보살이 갑니다. 문수보살이 누구입니까? 문수보살은 늘 '대지'란 수식어가 붙습니다. 대지大智, '큰 지혜', 문수는 지혜를 상징하는 보살입니다. 드디어 문수보살과 유마거사가 만납니다. 이 장면 역시 드라마틱합니다. 직접 읽어보실 것을 권합니다.

유마는 방을 비웁니다. 텅 빈 방에서 문수보살과 마주합니다. 방을 텅 비운 이유를 묻고 답하는 대화도 어마어마합니다. 반야검般若劍과 불이검不二劍이 맞부딪치는, 진정한 고수와 고수의 만남이라고나 할까요.

중생이 아프니 내가 아프다

문수보살이 묻습니다.

"거사여, 병은 참을 만합니까? 치료는 차도가 있습니까? 더 심하지는 않습니까? 세존께서 한량없이 간곡하게 물으셨습니다. 거사여, 이 병은 무슨 원인으로 생긴 것입니까? 병이 난 지는 얼마나 되었습니까? 어떻게 하면 나을 수 있습니까?

유마힐이 말하였다.

"어리석음으로부터 애착이 있어서 나의 병이 생긴 것입니다. 일체 중생이 병이 들었기 때문에 나도 또한 병이 들었습니다. 만약 일체 중생의 병이 나으면 나의 병도 나을 것입니다. 왜냐하면 보살은 중생을 위해서 생사에 들어가기 때문입니다. 생사가 있으면 병이 있지만, 만약 중생이 병이 없어지면 보살도 병이 없어집니다.

_ 무비 옮김, 『유마경』(민족사), p.74

병의 원인이 무엇입니까? 라는 문수보살의 질문에, "일체 중생이 병이 들었기 때문에 나 또한 병이 들었습니다."라고 답합니다. 비유가 이어집니다.

비유하자면 장자에게 오직 아들이 하나 있는데 그 아들이 병이 들었으면 부모도 또한 병이 들고, 만약 아들이 병이 나으면 부모도 또한 병이 낫는 것과 같습니다. 보살도 또한 그와 같아서 모든 중생을 사랑하기를 아들과 같이 합니다. 중생이 아프면 보살도 아프고 중생이 병이 나으면 보살도 또한 낫습니다. 또 말하기를 병이 왜 생겼느냐고 하였는데 보살의 병은 큰 연민의 마음으로 생긴 것입니다.

_ 무비 옮김, 앞의 책, pp.74~75

유마거사의 병은 고칠 수가 있을까요? 중생이 아픔을 겪는 한 보살의 병은 나을 수 없습니다. 보살의 병은 고질병인 거죠.

이제 아라한과 보살의 차이가 보이시나요? '중생이 아프니 보살이 아프다.' 처음 이 문장을 읽고 난 후 잠시 말을 잊었던 기억이 납니다. 아! 그렇구나. 보살은 그러하구나……

OECD 자살율 1위! 지금 이 땅의 얼마나 많은 중생이 아픕니까?

지금 필요한 사람, 누구입니까?

중생의 아픔을 어루만져 줄 수 있는 보살이 필요합니다.

앞에서 요즘엔 『유마경』을 아는 사람이 많지 않다고 했습니다. 그런데 예전에도 지금처럼 유마를 몰랐을까요?

우리나라 사람이라면 경주 석굴암을 모르는 분은 없을 겁니다. 유네스코 세계문화유산인 석굴암에 가면 유마거사를 만날 수 있습니다. 본존불을 정면에서 보았을 때 본존불 바로 왼쪽 감실에 유마보살이, 오른쪽 감실엔 문수보살이 모셔져 있습니다.

> 석굴암 불상 조성을 보면 석굴암의 감실에 유마거사의 상이 있다. 두건을 쓰고 웅크린 자세로 탁자에 기댄 모습인데, 환자가 손에 커다란 베개를 끼고 문수보살과 문답하고 있는 모습을 잘 표현하고 있다. (······)
> 문수보살과 대칭으로 배치된 것으로 보아 『유마경』의 문수와의 대화에 근거한 작품이라고 할 수 있다. 여기에서 유마의 모습이 노인의 고통스런 표정과 웅크린 자세에서 나타나는 병자로서 『유마경』의 문병의 사실을 잘 묘사하고 있다. 이로 보아 신라시대에 이미 『유마경』이 불교의 주요 사상으로 잘 받아들여지고 있었고, 그것이 원효의 불이사상이나 석굴암과 같은 주문화재에도 투영되어 있음을 알 수 있다.
> _ 이휘재, '한국불교사에서의 유마경의 지위' 『한국학연구 31집』
> (고려대한국학연구소, 2009), p.333

석굴암을 설계한 김대성의 머릿속에는 유마거사와 문수보살의 스토리가 또렷하게 있었습니다. 이 땅에 부처님나라를 만들자는 염원으로 불국사를 지은 신라 사람들의 가슴속엔 유마보살의 이야기가 널리 퍼져 있었다는 건 확실한 거 같습니다.

석굴암 유마상(출처: 국가유산이미지)

신라 원효대사의 삶이 유마보살의 삶과 겹쳐 보인다는 생각을 했습니다. 그런데 이 글을 쓰면서 자료를 찾아보니 역시나 우리나라에서 『유마경』을 처음으로 주석註釋한 분이 원효스님이었습니다.

이후 고려의 보조국사 지눌(1158~1210) 스님 또한 『유마경』을 중요한 경전으로 보았고, 조선시대 때도 『유마경』이 간행되었으며, 19세기에는 한글본으로도 출간되었습니다. 만해 한용운(1879~1944) 스님이 마지막까지 번역작업에 몰두했던 경전이 바로 『유마경』이었습니다.

신라시대부터 면면히 이어져 내려온 『유마경』의 보살사상 때문이었을까요. 우리나라는 보살이 가장 많은 나라가 되었습니다. 그런데 문제는 그 정신도 함께 이어져 내려오고 있는

가 하는 점입니다.

'중생이 아프니 내가 아프다'는 대비심의 마음으로 중생과 더불어 병을 앓는 유마의 보살정신 또한 이어져 내려오고 있습니까?

서라벌 땅 곳곳을 떠돌며 춤추고 노래하면서 만난 무수한 백성을 불법으로 교화한 원효의 보살정신은 지금 어디에서 만날 수 있습니까?

사람이 사람 좋아하는 게 뭔지는 아나?

여러분은 「나의 아저씨」 가운데 어떤 장면이 가장 인상에 남으셨나요? 저는 지안이 할머니에게 달을 보여주는 장면입니다.

그런데 이 달을 보러 가기까지가 만만치 않습니다. 혼자선 몸을 못 가누는 할머니를 방에서 업고 나와 마트에서 끌고 온 쇼핑카트에 앉혀서 산동네 계단을 내려옵니다. 이때 카트를 끌고 가던 지안을 보고 뒤따라온 동훈과 마주합니다.

지안과 할머니는 달을 보고 다시 방으로 돌아가야 합니다. 더 험난한 여정입니다. 그런데 동훈은 돌아가지 않고 둘을 기

다려 주고 있었습니다. 그리곤 할머니를 등에 업고 산동네 계단을 힘겹게 올라가 방에 눕혀 드립니다.

달을 보는 장면이 아름다웠다면 할머니를 업고 계단을 오르는 장면이야말로 가장 감동적인 장면입니다. 감동적이면서, 이게 드라마니까 가능하지 현실에서도 가능한 상황일까 하는 생각을 해봅니다.

이런 장면은 드라마 곳곳에 보입니다. 지안의 사정을 알고 난 후 사채를 갚아 주겠다고 기꺼이 대부업체 사무실을 찾아가는 모습, 악덕 사채업자의 아들이자 현재 지안을 괴롭히는 광일과 맞닥뜨려 온몸으로 싸우는 장면, 그리고 지안이 자기 아버지를 죽였다는 광일의 말을 듣고도 "나같아도 죽여!"라고 외치는 장면.

이 같은 드라마 속 동훈의 모습은 보살이 아니라면 가능한 일이 아닙니다. 「나의 아저씨」가 특별한 이유는 현실에서는 쉽게 만날 수 없는 아저씨보살을 그렸기 때문이라는 것이 제 생각입니다.

지극히 비현실적으로 보이는 이 장면을 현실로 받아들일 수도 있습니다. 쉽게 용기 낼 수는 없지만 우리 모두의 마음 한 구석에는 보살의 씨앗이 살아 있다고 믿기 때문입니다.

보살의 씨앗은 무엇일까요?

드라마 후반부에 겸덕이 후계동으로 내려왔을 때 동훈은 꽃가게에 들러 꽃 한 다발을 사서 건네줍니다. 그걸 받은 상원은 "웬 꽃?"이라고 되묻죠. 겸덕이 만일 산으로 들어가지 않고 후계동에서 동훈과 정희와 살았으면 '웬 꽃?' 이렇게 묻지는 않았을 수도 있지 않았을까? 아님 정희를 보러 오면서 들꽃이라도 한 송이 가지고 왔으면 어땠을까? 하는 생각을 해봅니다.

보살은 감정, 오감이 없는 사람이 아닙니다. 보살은 가장 다정한 사람이고, 그래서 뭇 중생의 애인일 수 있어야 합니다.

우리에게 보살의 씨앗이 있다고 하면 불성佛性이란 어려운 개념을 떠올릴지 모르지만 그보다 먼저, 우리에겐 감정이 있습니다. 이 감정이야말로 보살의 씨앗이 아닐까 생각합니다. 사랑의 감정, 누군가를 아끼는 마음…

정희가 그토록 '사랑'에 매달리는 이유는 무엇일까요?

동훈   인생 왜 이리 치사할까?
정희   사랑하지 않으니까 치사한 거지. 치사한 새끼들 천
        지야.

<나의 아저씨> 9화

지안의 말도 한 번 들어 보시죠. 도준영 대표와 경찰서 조사실에서 대질하는 장면입니다.

준영   너 지금 니가 좋아하는 박동훈 힘들게 했다고 나한테 이러는 거 아니야?
       내 말이 틀려? 너 좋아하잖아 박동훈, 그지?
지안   근데요, 좋아하지, 좋아하지, 그러면서 왜 비웃어요?
       자기가 사람 좋아할 때 되게 치사한가 보지?
       사람이 사람 좋아하는 게 뭔지는 아나?

〈나의 아저씨〉 16화

정희 말대로 '사랑하지 않으니까' 치사한 겁니다. 정희의 사랑의 마음, 지안이 말하는 '사람이 사람을 좋아하는 게 뭔지 아는 마음'이야말로 내 마음속 보살의 씨앗이 아닐까요?

'중생이 아프니 내가 아프다'는 유마보살의 병은 큰 연민의 마음으로 생긴 것입니다. 「나의 아저씨」 속 동훈의 행동을 설명할 수 있는 건 이 '연민의 마음', 곧 보살의 마음입니다.

유마 이야기를 마치기 전, 한 가지만 더 부기를 해두어야겠습니다. 재가자 아저씨가 주인공인 『유마경』이 있다면 재가자 아줌마가 주인공인 경전도 있습니다. 바로 『승만경』입니다.

승만 부인이라는, 결혼을 한 재가자 여성이 설한 경전입니다. 『승만경』은 대승불교의 핵심개념 가운데 하나인 '여래장' 사상을 설하고 있는 매우 중요한 경전입니다.

그럼, 『승만경』은 보살의 실천덕목으로 무엇을 강조할까요? 바로 육바라밀입니다. 그리고 승만 부인은 중생을 위해 열 가지 원願을 세웁니다. 그 가운데 하나가, '세존이시여, 저는 오늘부터 깨달음에 이를 때까지, 자신을 위해서 재물을 쌓아 두지 않으며, 전부 가난한 중생들을 성숙시키는 데 쓰겠습니다.'라는 서원입니다. 육바라밀의 시작인 보시바라밀을 실천하겠다는 서원입니다.

이제 유마보살과 닮은 드라마 속 아저씨보살을 만나러 가 보시죠.

"나, 이제 사장이야."

나 사장이야, 이제

드라마를 보셨다면 「나의 아저씨」 속 명대사 하나쯤은 뽑고 계시죠? 그 가운데서도 "지안, 편안함에 이르렀나?"는 누구나 인정하는 명대사 중 하나일 겁니다.

그런데 '보살'이라는 필터를 낀 제 눈에는 이보다 더 멋진 대사가 보이는군요. 마지막 회에서 동훈과 지안이 다시 만납니다. 지안은 동훈이 아직 삼안E&C에 근무하는 줄 알고 "며칠 전에 삼안E&C 근처 갔었는데."라고 말합니다. 동훈은, "나 거기 나왔어. 사장이야 이제."라고 합니다.

동훈   재밌냐? 나이 든 남자 갖고 노니까 재밌어?

지안   재미는… 그냥 남자랑 입술 닿아본 지가 하두 오래돼
      서 그냥 대봤어요. 나만큼 지겨워 보이길래.
      어떻게 하면 월 오륙백을 벌어도 저렇게 지겨워 보일
      수가 있을까? 대학 후배 아래에서 그 후배가 자기 자
      르려고 한다는 것도 뻔히 알면서 모른 척, 성실한 무
      기 징역수처럼 꾸역꾸역, 여기서 제일 지겹고 불행해
      보이는 사람.
      나만큼 인생 그지같은 거 같아서 입술 대보면 그래도
      좀 덜 지겨울까? 잠깐만이라도 좀 재미있을까? 그래
      서 그냥 대봤어요.
      그래도 여전히 재미없고 지겹고 똑같던데, 아저씨는
      어땠어요?

동훈   부모님도 아시냐? 너 이렇게 하고 다니는 거.

지안   아저씨 부모님은 아세요? 아저씨 이렇게 사는 거.

'성실한 무기 징역수처럼 꾸역꾸역' 살아가는 모습을 지안
의 눈에도 들켰던 동훈입니다. 그랬던 그가 회사를 나왔습니
다. 그리고 사장이 되었습니다. 이보다 멋진 장면이 어디 있습
니까? 동훈은 드디어 길(道)을 찾았습니다.

"나 거기 나왔어, 나 사장이야 이제."

드디어 동훈을 보살이라고 불러도 좋겠구나. 저에겐 그렇게 들립니다. 지안이 편안함에 이르렀다면, 동훈은 사장이 되었습니다.

'동훈구조사무실'의 송 과장이 운전하고 옆자리에는 동훈 사장, 뒷자리에는 김 대리와 형규가 타고 어딘가 외근을 나가는 길, 삼안E&C 사옥을 지나갑니다.

송과장 추억의 건물입니다.
김대리 일 년만 더 채우면 이십 년 근속으로 금 스무 돈 받는
       건데. 아까비……
동훈   왜 그래. 나와서 그보다 훨씬 더 벌었어.
김대리 네. 잘나셨습니다.

                    〈나의 아저씨〉 16화

"나와서 그보다 훨씬 더 벌었어." 사장이 된 동훈의 이 말도 좋았습니다.

아내 윤희는 동훈에게 한 살이라도 젊을 때 나와서 사업을 해보라고 권합니다. 물론 속셈은 다른 데 있었지만요.

윤희　왜 오억 빚질 생각부터 해? 오억 벌 생각을 안 하고!

동훈　사업이 그렇게 생각대로 되는 거면 망하는 사람이 왜 나와? 형 말 못 들었어? 월 백을 벌어도 남의 돈 먹는 게 낫지, 가만히 앉아서 돈 까먹고 있는 거 미칠 노릇이라고. 형 어떻게 망가졌는지 옆에서 다 봤으면서도 그런 소리가 나와?

윤희　그럼 언제까지 이렇게 매일 도살장에 끌려가는 것처럼 나갈 건데? 이게 사는 거야 당신? 그냥 그만두라고! 내가 도와준다고!

〈나의 아저씨〉 5화

아내 눈에는 회사 출근하는 게 '도살장에 끌려 나가는 것처럼' 보였던 동훈이 사장이 된 것입니다. 게다가 회사를 잘 운영해서 돈도 잘 벌고 있다고 합니다.

후계동 홀어머니와 형과 동생이 있는 집, 그리고 유학 간 아들이 있는 자신의 집을 넘어 이젠 '동훈구조사무실'의 송 과장, 김 대리, 형규 씨와 그 가족들의 생계까지도 책임져야 합니다.

이제부턴 더 큰 수레를 몰아야 합니다. 큰 수레, 대승大乘입니다. 큰 수레를 모는 사람, 보살입니다.

보살 덕후인 저는 "나 사장이야, 이제." 이 말이 좋았습니다.

보살의 자리이타自利利他

이제부터는 대승보살의 행동지침이라고 할 수 있는 자리이타를 통해서 드라마 속 동훈보살의 삶을 따라가 보겠습니다.

자리이타自利利他란 글자를 보면 앞에 나(自)가 있고 뒤에는 남(他)이 옵니다. 그리고 가운데 두 글자는 이익이라는 뜻의 利(이)입니다.

이타가 앞에 오지 않고 자리가 먼저 왔다는 게 중요합니다. 타인의 이익이 먼저가 아니라 나의 이익이 우선이란 뜻입니다.

언뜻 생각하면 '보살은 자기의 이익보다는 타인의 이익을 우선해야 하는 것 아닌가? 자리이타가 아니라 이타자리利他自利여야 하는 것 아닌가?' 할 것입니다.

왜 보살의 행동지침을 정한 사람들은 자리이타라고 했을까요? 이 문제를 좀 더 깊게 고민해보면 자리自利가 먼저라는 걸 알게 됩니다. 보살운동을 한 사람들은 그렇게 허술한 사람들이 아니었습니다. 세상과 인간에 대한 깊은 통찰과 배려가 있었던 겁니다.

남에게 베풀려면 먼저 내게 베풀 수 있는 무언가가 있어야 합니다. 그것이 돈이든 마음이든, 나에게 여유가 있어야 합니다. 즉, 먼저 자기가 서야 남을 도울 수 있습니다. 따라서 자리自利가 우선입니다. 내가 서지도 못하고 남을 돕는다는 건 어불성설입니다. 그래서 내가 먼저입니다.

두 번째 이야기 '겸덕보살의 스마트폰'에서 동훈이 겸덕의 산사로 찾아가 나눈 대화 기억이 나시나요?

"너부터 행복해라 제발. 희생이라는 단어는 집어치우고."

내가 행복하지 않고 이타로 나아갈 수 없습니다. 겸덕도 '자리이타'라는 보살의 덕목을 깨달은 대승보살입니다.

동훈이 지안과 함께 할머니를 요양원에 모셔다 드리고 걸어 나오면서 지안에게 해주는 말입니다.

동훈   니가 대수롭지 않게 받아들이면, 남들도 대수롭지 않게 생각해.
　　　　니가 심각하게 받아들이면, 남들도 심각하게 생각하고… 모든 일이 그래.

항상 니가 먼저야. 옛날 일, 아무것도 아냐. 니가 아무것도 아니라고 생각하면 아무것도 아니야. 이름대로 살아. 좋은 이름 두고 왜.

〈나의 아저씨〉 9화

동훈은 지안에게 '항상 내가 먼저'라는 것을 일깨워 줍니다. 그래야 지안의 이름대로 편안함에 이를 수 있다고……

이타가 먼저가 아니라 자리가 먼저인 것은 이처럼 한 번만 더 생각하면 당연하게 느껴집니다. 이타利他를 먼저 하는 게 맞는 거 같지만 이타를 먼저 하면 나도 남도 행복하지 않습니다. 베푸는 나는 무리하게 되니 오래갈 수 없고, 받는 사람 역시 기껍지가 않거든요.

보살의 위대함은 자리自利에서 멈추지 않는다는 겁니다. 자리만 하지 않고 자리를 한 이후에는 반드시 이타로 나아간다는 것입니다.

그런데 여기서 한 단계 더 깊이 생각을 해본다면, 자리 후 이타하면 그 이타가 자리와 또 다시 연결되는 것이야말로 보살도의 진짜 맛이라는 것을 알게 될 것입니다.

보살운동의 출발점에서의 고민은 나 혼자가 아니라 함께 잘 살자, 나 혼자 득도하지 말고 함께 득도하자 라는 거였죠?

왜요? 우리는 연결되어 있으니까요. 각자가 자리自利를 추구하지만 그 자기의 이익은 다른 사람과 연결되어 있다는 것이죠.

나 혼자만의 이익, 나 혼자만의 도를 추구하는 건 애초에 불가능합니다. 보살은 이걸 알고 출발한 것입니다. 그러니 자리이타 하면 또 다시 자리自利로 연결되는 건 당연한 결과입니다.

그래 가보자, 끝까지 가보자!

"나 사장이야, 이제."라고 말하기 전까지 동훈은 우물쭈물 했습니다. 적극적으로 자리自利를 추구하지 않았습니다. 그러면서 동훈의 표정은 늘 '억울하다'입니다.

회장   진짜 오천을 버렸대?

왕전무 네

회장   통 크네. 그럼 안 받은 거잖아. 자르고 말고 할 게 뭐
          있어?

준영   저도 처음 듣는 얘기에요. 버렸다는 건.

왕전무 어디서 보냈는지 찾아내서 혼꾸녕을 내주려구요. 괜
　　　히 착한 사람 애먹이고.

준영　……

회장　이름이 뭐라고?

왕전무 박동훈 부장이요. 이번에 안전진단팀으로 간.

회장　박, 동, 훈… 어 알어 알어. **쫌 억울하게 생긴 사람.**
　　　퇴원하면 내가 밥 한번 산다 그래.

〈나의 아저씨〉 2화

이게 억울함의 끝이 아닙니다.

준영　그냥 다 까발려, 씨이!

동훈　!

준영　누굴 봐주는 척, 드럽고 치사해서…… 예감 적중해서
　　　아주 신났지? 나쁜 놈이다 싶었는데 딱 나쁜 놈 돼주
　　　니까 아주 신났지? 선배만 나 알아봤는지 알아요? 나
　　　도 이십 년 전에 선배 얼굴 보고 딱 알아봤어요.
　　　착한 척하면서 **평-생 억울해하며 살 인간.**

〈나의 아저씨〉 7화

학교 후배이지만 지금은 회사 대표인 도준영 역시 동훈에게 평생 억울해하면서 살 인간이라고 말합니다. 그런데 여기서 동훈은 깨어납니다.

동훈   그래 가보자. 그래 가보자! 끝까지 가보자!
            내가 어디까지 갈 수 있나, 가보자.
            나도 궁금하다. 내가 완전히 무너지면 무슨 짓을 할
            지. 어떤 인간이 될지. 가보자!
준영   가봐요!

〈나의 아저씨〉 7화

준영과 싸우는 이 옥상 씬을 저는 '동훈의 각성 씬'이라고 부릅니다. 드디어 동훈이 깨어나는구나. '억울함'을 깨고 나오는 첫 순간입니다.

"그래 가보자. 끝까지 가보자!" 더 이상 억울함에 머물러 있을 순 없습니다. 더 이상 꾸역꾸역 징역살이만 할 순 없습니다.

동훈은 상무이사 승진 싸움에 뛰어듭니다. 도 대표 진영과 왕 전무 진영과의 사활을 건 싸움이 시작됩니다. 그 대결의 한 가운데로 한 발짝 들어섭니다. 더 이상 억울한 표정은 필요 없

습니다. 내가 올라갈 것인가? 준영이 나갈 것인가? 외나무다리 위 진검승부입니다.

이게 도道입니다. 길입니다. 나아가야 하는 것이죠. 억울한 표정으로 주저앉아 주저리주저리 핑계거릴 찾는 게 아니구요.

보살과 권력의지

가끔 템플스테이를 온 젊은 친구들과 이야기할 때 주제넘게 책을 추천하기도 합니다. 주로 니체(Friedrich Wilhelm Nietzsche, 1844~1900)의 책들입니다. 『선악의 저편』, 『도덕의 계보』, 『짜라투스트라는 이렇게 말했다』를 한 번 읽어보라고……

절에서는 보통 무념무상無念無想을 말하고, 생각도 내려놓고 욕심도 내려놓고 마음도 내려놓으라고 합니다. 이 말을 오해해서 '삶의 현장에서도 모든 걸 내려놓아야 한다'는 생각을 하지나 않을까 하는 노파심에 니체를 읽어보라고 합니다. 특히나 젊은 친구들에게요.

내려놓는 것만이 잘하는 일이 아니라고…… 여기서 잠시

생각을 내려놓고 쉼을 가진 뒤 삶의 현장으로 돌아가거든 그곳이 당신의 도량이니 그 도량에서 열심히 일하고 승진하고, 힘에의 의지를 키우라고, 그래서 권력을 쟁취하고 그 권력을 바르게 쓰라고, 보살의 삶을 살라고, 이웃의 아픔과 함께 하는 데 쓰라고…… 앞으로 나아가는 것, 조금씩 올라가는 것, 그것이 『유마경』이 그리고 있는 대승보살의 길(道)이자 「나의 아저씨」가 말하는 깨달음의 노래라고……

기훈의 말입니다. "난 이상하게 옛날부터 작은 형이 젤루 불쌍하더라. 욕망과 양심 사이에서 항상 양심 쪽으로 확 기울어 사는 인간. 젤루 불쌍해."

양심 쪽으로 확 기울어 사는 동훈의 억울함, 그 정체는 무엇일까요? 그 억울함을 풀 수 있는 방법은 무엇일까요?

여기서 잠깐 니체의 말을 들어봅시다.

'도덕에서의 노예반란은 원한 자체가 창조적이 되고 가치를 낳게 될 때 시작된다. : 이 원한은 실제적인 반응, 행위에 의한 반응을 포기하고, 오로지 상상의 복수를 통해서만 스스로 해가 없는 존재라고 여기는 사람들의 원한이다. 고귀한 모든 도덕이 자기 자신을 의기양양하게 긍정하는 것에서 생겨나는 것이라면, 노예도덕은 처음부터 '밖에 있는 것‘, '다른 것‘, '자기가 아닌 것‘을 부정한다. : 그리고 이러한 부정이야말로 노예도덕의 창조적인 행위인 것이다. 가치를 설정하는 시선을 이렇게 전도시키는 것—이렇게 시선을 자기 자신에게 되돌리는 대신 반드시 밖을 향하게 하는 것—은 실로 원한에 속한다. : 노예도덕이 발생하기 위해서는 언제나 먼저 대립하는 어떤 세계와 외부 세계가 필요하다. 생리적으로 말하자면, 그것이 일반적으로 활동하기 위해서는 외부의 자극이 필요하다.—노예 도덕의 활동은 근본적으로 반작용이다.

_ 프리드리히 니체, 김정현 옮김,『선악의 저편 · 도덕의 계보』

(니체전집 14)(책세상, 2002), p.367

니체의 글에서 '**원한**'(르쌍띠망, Resentment)이라는 말을 동훈의 '**억울함**'으로 바꿔서 읽어보시죠.

계속해서 니체의 이야기를 들어보겠습니다.

고귀한 인간은 자기 자신에 대해 신뢰와 개방성을 가지고 살아가는 데 반해 (겐나이오스, 즉 '고귀한 혈통의'라는 단어는 '정직한'이라는 뉘앙스와 '순박한'이라는 뉘앙스를 강조하는 말이다.) 원한을 지닌 인간은 정직하지도 순박하지도 않으며 자

기 자신에 대해서 진지하지도 솔직하지도 않다. 그의 영혼
은 곁눈질을 한다. 그의 정신은 은신처, 샛길, 뒷문을 좋아
한다. 은폐된 모든 것을 그는 자신의 세계로, 자신의 안정으
로, 자신을 생기 있게 만드는 것으로 여긴다. 그는 침묵하는
법, 잊어버리지 않는 법, 기다리는 법, 잠정적으로 자신을
왜소하게 만들고 굴종하는 법을 알고 있다.

_ 프리드리히 니체, 김정현 옮김, 『선악의 저편·도덕의 계보』,

p.369

니체는 '양심의 가책이란 하나의 병이다. 이것은 의심할 여
지가 없다.'고 말합니다. 약자의 원한(억울함)이 주인이 아닌,
노예도덕을 만듭니다. 그 원한(억울함)은 가치가 전도된 것입
니다.

동훈의 "그래 가보자! 그래 끝까지 가보자!"라는 외침은 전
도된 가치를 바로잡겠다는 외침으로 들립니다. 억울함(원한)
을 밖에 설정하는 것이 아니라, 고귀한 나로 돌아오는 것, 고
귀한 나를 찾는 것이 먼저입니다.

그래서, "내가 어디까지 갈 수 있나, 가보자. 나도 궁금하다.
내가 완전히 무너지면 무슨 짓을 할지. 어떤 인간이 될지. 가
보자!"라는 외침은 억울함으로부터 탈출하려는 첫 몸부림으

로 보입니다.

마침내 동훈은 대표이사실로 쳐들어갑니다. 준영의 방까지 걸어가는 동훈 뒤로 깔리는 겸덕의 목소리.

"뻔뻔하게 너만 생각해. 그래도 돼."

동훈   안 듣는 거야. 이 새끼는 이거, 사람 말 안 듣는 거야.
          남 얘기는 관심 없는 거야. 그지.
          됐다. 내가 너 밟아버릴 거야.
          넌 내 손에 망해야 돼.
준영   저기요. 우리 그냥 터트리죠. 그게 피차 속 편할 거
          같은데. 진짜 못 해먹겠네. 어디 부장 나부랭이가 대
          표이사실 쳐들어와서 소릴 지르고 지랄이야-!

〈나의 아저씨〉 11화

대표이사 방에 쳐들어간 부장 나부랭이 동훈은 준영에게 주먹을 날립니다. '끝까지 가보자'고 결심한 동훈이 자신의 존재를 증명하는 장면으로 보입니다.

전도된 가치를 다시 전도시키는 것, 나를 똑바로 한 번 보는 것, 이 또한 동훈이 보살이 되어가는 장면입니다. 니체가 이야

기하는 '고귀한 인간'으로 깨어나는 장면같아 통쾌했습니다.
"뻔뻔하게 너만 생각해. 그래도 돼."라는 겸덕이 준 화두를 깨
는 장면으로도 보입니다.

동훈   저 꼭 상무 돼야 돼요.

　　　　어머니 들떠 계세요, 아들 출세하게 생겼다고. 형
　　　　은 엄마 장례식 걱정 안 해도 된다고 좋아하고. 집사
　　　　람… 혼자 고생 많았는데, 이제 좀 덜어주고 싶어요.
　　　　얼굴 붉혀 가면서 경쟁하고 싸우는 거 싫어서 웬만하
　　　　면 안 하고 싶었는데, 언제까지 피할 수만은 없고, 한
　　　　번 맞닥뜨려 보려고요. 잘해 보고 싶어요.

왕전무   그게 다야? 하나가 빠졌잖아.

　　　　자네가 상무가 돼야 되는 정말 중요한 이유.

　　　　도. 준. 영.

동훈   제 인생 어느 언저리에도 그놈은 껴주고 싶지 않아
　　　　요. 상대해야 될 놈인가 싶기도 하고, 그놈을 망하게
　　　　하겠다는 목표로 움직이는 거 자체가, 그놈한테 너무
　　　　과분한 처사 같아서요.

　　　　그딴 자식 망하든 말든, 신경 쓰고 싶지 않습니다.

〈나의 아저씨〉 10화

이렇게 동훈은 상무 승진을 위한 경쟁을 피하지 않고 맞닥 뜨리게 됩니다. 그렇게 일전을 치르고, 상무로 승진을 합니다. 축하잔치는 물론 '정희네'서 열립니다. 잔치의 주인공은 당연 박동훈 상무입니다.

이 날의 마지막 하이라이트는 친구 겸덕입니다. '정희네'를 소개하면서 윤상원은 금기어라고 했던 거 기억하시나요? 이 축하잔치 날 드디어 그 금기를 깹니다. 동훈의 형수이자 학교 동창인 애련의 거침없지만 후련한 이야기 한 판에 정희가 외 칩니다. "윤상원은 우리의 추억이다."

상원을 상원이라 부르는 것을 오늘부터 허許하노라!

정희도 하나의 관문을 돌파한 것 같습니다. 정희보살 또한 '내력'이 세지고 '내공' 또한 깊어갑니다.

동훈이 상무로 승진하는 이 여정을 보살의 '자리이타'라는 시각으로 한번 볼까요? 상무로 승진하겠다는 건 자리自利이지 만 이타利他이기도 합니다. 아내, 형, 어머니 모두에게 이익이 되는 결정이고 행위인 것입니다. 그것은 다시 자리自利로 이 어집니다.

그리고 동훈이 마침내 사장이 된 것을 보면서, 유마보살이 어떻게 돈을 벌었을까? 궁금했었는데, 조금 이해가 되었습니 다. 유마가 부자인 것은 드라마의 스토리 구조상 상수常數이

지 않았을까? 『유마경』은 보살의 이야기이므로……. 「나의 아저씨」의 동훈도 당연히 사장이 되어야만 했는지 모릅니다.

　그리고 드라마의 마지막 씬에서 동훈은 지안에게 말합니다.

"나 사장이야. 이제."

　사장이 된 동훈에게 더 기대되는 것은 그가 펼쳐 나아갈 보살도입니다. 육바라밀을 잘 할 수 있는 아이템을 하나 더 가지게 된 것이니까요.

천이통天耳通

이 글을 쓰는 진짜 이유, 보살이 필요한 시대여서라고 했습니다. 우리 사회에 이미 부는 넘쳐납니다. 그 옛날 유마의 부를 능가하는 사람이 많습니다. 자본주의의 위대함 가운데 하나라고 할 수도 있겠죠. 재물을 많이 가지고 있다는 건 그만큼 보시바라밀을 잘 할 수 있는 아이템을 가졌다는 뜻인데요. 현실은 어떤가요?

한 사람이 일을 해서 다섯 사람이 먹고 쓸 것을 만들며, 그것에 기대어 네 사람의 가족이 걱정을 놓고 사람됨을 닦을 기회를 얻는 것, 이것이 어찌 눈물겨운 축복이 아니겠습니까?

(……)

그러니 일을 하는 것은 크나큰 즐거움입니다. 일을 해서 많은 사람들에게 닦음의 기회를 주게 되니 즐거움이요, 그래서 나에게도 마침내 닦음의 기회가 주어지니 또한 즐거움입니다. 게으름을 피지 않고 모든 생각을 놓은 채 부지런히 일하는 까닭도 그 즐거움에서 찾을 수 있을 겁니다.

오늘날의 세상, 우리는 일다운 일을 잃어버렸습니다. 우리가 일을 하는 까닭을 잃어버렸습니다. 한임께서 내리신 그 고마운 축복을 저버리고, 다만 잉여를 조금이라도 더 모아 엉뚱한 짓을 하려고 합니다. 또 조금이라도 그것을 덜 뺏겨서 넉넉한 짐승이 되려고 합니다. 그 까닭을 잃어버렸으니 글을 배우면 무엇을 할 것이고 과학을 발전시키면 무엇을 할 것입니까? 우주선이 하늘을 날아다니면 어쩔 것이고, 원자로가 힘차게 돌아가면 어쩔 것입니까?

_ 박현 쓰고 김종훈 엮음, 『다시 하는 이야기』(바나리, 2003), p.54

'넉넉한 짐승'이란 표현을 썼는데요. 우리가 짐승이 되어서야 쓰겠습니까? 짐승이 되지 않으려면 자리自利에서 멈추지 말고 이타利他로 나아가야 합니다.

우리 사회가 완전히 나락으로 빠지지 않고 이만큼이라도 유지되고 있는 건 곳곳에 보살이 있기 때문이라고 믿습니다. 그것이 희망인 것이죠. 드라마 속 'My, Mr'가 분명히 우리 사회 어딘가에서 보살행을 펼치고 있습니다.

최근에 방영된 다큐멘터리 「학전, 그리고 뒷것 김민기」(3부작, SBS)를 보셨는지요? 이 시대 살아 있는 보살을 만났습니다. 놀라운 장면 가운데 하나는 30여 년 전, 극단 '학전'에 출연하는 배우들과 공연계약서를 쓰고 공연수익을 공개하고 기여도에 따라 개런티를 지급했다는 사실입니다. 그 당시엔 이런 원칙과 상식이 지켜지던 시대가 아니었습니다. 시대를 뛰어 넘어 상식을 지킨 사람, 보살입니다.

저에겐 '뒷것'이란 말이 '보살'의 또 다른 말로 들립니다. 뒷것 김민기는 적어도 '천이통'을 얻은 사람으로 보입니다.

천이통
듣는 것입니다. 말을 듣고 손짓을 듣고 몸짓을 듣는 것이지요. 아이의 말을 듣고 아랫사람의 말을 듣지요.

말대꾸한다고 나무라는 사람은 안 듣는 것이고요. 대화를 거부하면 역시 안 듣는 것이고, 비판을 수용 못하고 억지로 따르게 하고 다른 의견과 상대방을 통제하려는 것, 다른 사상, 종교를 허용 못하는 것 모두 듣지 못하는 겁니다. (……) 들어보세요. 자연의 말을…… 생명 있는 것이든 없는 것이든 모두 의사가 있고 존재하기 위해 발버둥치고 있습니다. 그것이 들리지 않는다면 무엇을 듣고 무엇을 이해하고 무엇을 할 것인지 궁금합니다. (……)

지나가는 바람이 앞마을의 고통을 호소합니다. 나무 한 그루가 산의 상태를 알려줍니다.

어린아이의 말을 듣고 일본헌병이 오는 것을 알고 도망치는 해월의 듣는 능력이 대단합니다.

이것이 소파 방정환에게 그리고 지금의 어린이에게 이어지는 듣는 효험이 있는 것입니다. 한 번의 들음이 한 국가의 관념을 바꾸는 성인 중의 성인입니다. 누구나 듣지만 정말 듣는 이는 없는 것입니다.

_ 현일 박재봉 지음, 『하늘공부1』(가마오, 2011), pp.315~316

"누구나 듣지만 정말 듣는 이는 없는 것입니다." 참으로 우리가 곱씹어야 할 말입니다. 이 말을 이해하는 데 평생이 걸렸습니다. 제가 그만큼 우둔하고 하근기라 그렇습니다. 그러다 보니 행하는 건 아직 멀기만 합니다.

「학전, 그리고 뒷것 김민기」 다큐 프로그램을 보고, 제가 이해한 '뒷것'은 들어주는 사람입니다. 그런 의미에서 뒷것 김민기는 천이통天耳通을 얻었습니다. 성인 성聖 자에 귀(耳)가 있는 건, 성인 역시 하늘의 소리를, 백성의 소리를 잘 듣는 사람을 말하기 때문입니다.

보살 역시 잘 듣는 사람입니다. 시대의 아픔을, 중생의 고통을.

"내가 널 알아."

함께 걷는 길동무 '도반道伴'

동훈의 상무이사 승진을 위한 면접장입니다.

동훈   살인 아닙니다. 정당방위로 무죄 판결 났습니다.

윤상무 알고 있었다는 말이네? 알면서 계속 이런 앨 회사에
       다니게 둔 거야? 어? 사람 죽인 애를?

동훈   누구라도 죽일 법한 상황이었습니다. 상무님이라도
       죽였고, 저라도 죽였습니다. 그래서 법이 그 아이한
       텐 죄가 없다고 판결을 내렸는데, 왜 왜 이 자리에서
       이지안 씨가 또 판결을 받아야 되는지 모르겠습니다.

이런 일 당하지 말라고 전과 조회에도 잡히지 않게, 어떻게든 법이 그 아일 보호해주려고 하는데, 왜 그 보호망까지 뚫어가면서 한 인간의 과거를 그렇게 붙들고 늘어지십니까?

내가 내 과거를 잊고 싶어 하는 만큼, 다른 사람의 과거도 잊어주려고 하는 게 인간 아닙니까?

윤상무 여기 회사야!

동훈　회사는 기계가 다니는 뎁니까? 인간이 다니는 뎁니다.

〈나의 아저씨〉 13화

지안의 살인 건으로 공격하는 윤 상무에게 동훈은 따끔하게 일침을 가합니다. 우리 모두에게 질문을 던지는 것으로도 보입니다. 인간이란 마땅히 어떻게 살아야 하는지…… "회사는 기계가 다니는 뎁니까? 인간이 다니는 뎁니다."

그리고 지안의 당당하고도 똑 떨어지는 발언으로 동훈의 인간됨이 잘 드러나게 되고 오히려 동훈의 승진에 결정적 역할을 합니다.

지안　배경으로 사람 파악하고 별 볼일 없으면 빠르게 왕따

시키는 직장문화에서 스스로 알아서 투명인간으로 살아왔습니다.

회식자리에 같아 가자는 그 단순한 호의의 말을 박동훈 부장님한테 처음 들었습니다. 박동훈 부장님은 파견직이라고, 부하직원이라고 저한테 함부로 하지 않았습니다.

윤상무 그래서 좋아했나?

지안 네 좋아합니다. 존경하구요. 무시, 천대에 익숙해져서 사람들한테 별로 기대하지도 않았고, 인정받으려고, 좋은 소리 들으려고 애쓰지도 않았습니다.

그런데 이젠 잘하고 싶어졌습니다. 제가 누군가를 좋아하는 게 어쩌면 지탄의 대상이 될 수 있는지는 모르겠지만, 전 오늘 짤린다고 해도 처음으로 사람대접 받아봤고, 어쩌면 내가 괜찮은 사람일 수도 있겠다는 생각이 들게 해준 이 회사에, 박동훈 부장님께, 감사할 겁니다.

여기서 일했던 삼 개월이 이십일 년 제 인생에서 가장 따뜻했습니다.

〈나의 아저씨〉 12화

인터뷰 자리에서의 지안의 발언과 당당한 태도를 알게 된
동훈은 지안과의 술자리에서, 이렇게 말합니다.

　동훈　　용감하다.
　　　　　근데 나 그렇게 괜찮은 놈 아니야.
　지안　　괜찮은 사람이에요, 엄청.
　　　　　좋은 사람이에요, 엄청.

〈나의 아저씨〉 12화

　'괜찮은 사람이에요.' 지안의 이 말은 동훈에게 엄청 위안이
되는 말입니다.
　「나의 아저씨」 6화에서는 광일이 자기 아버지 제삿날, 그러
니까 지안이 자기 아버지를 죽인 날, 제사음식을 싸 가지고 와
선 행패를 부리고 갑니다.
　지안은 얻어터진 얼굴로 앉아서 핸드폰으로 도청 녹음 파
일을 반복 재생합니다.
　"착하다, 착하다."
　지안이 반복해서 듣는 이 "착하다"라는 말은 제가 가장 아
름답고 감동적인 장면이라고 꼽은, 지안이 할머니에게 달을
보여주는 장면, 바로 그 씬에서 동훈이 할머니를 업어다 드리

고 난 후 지안에게 해주었던 말입니다.

지안 스스로 '내가 괜찮은 사람일 수도 있겠다.'라는 사실을 깨우쳐준 사람이 바로 동훈입니다.

괜찮은 사람이라는 사실을 일깨워준 사람, 동훈.

괜찮은 사람이라고 믿어주는 사람, 지안.

이 둘은 함께 길(道)을 걸어가는 사람입니다. 실제 드라마에서도 둘이 함께 걸어가는 장면이 많이 나옵니다.

그 길이 외롭지만은 않겠죠. 위로가 되고 힘이 되는 길동무가 있으니까요. 이 길동무를 일러 절집에서는 도반道伴이라고 부릅니다.

동훈   가라.
지안   내일 봐요.
        파이팅!

〈나의 아저씨〉 8화

지안이 동훈을 응원하는 파이팅입니다. 힘을 주는 도반인 것이지요. 며칠 뒤 동훈은 집으로 가는 길에 설움이 밀려오며 무너집니다. 그러다가 문득 **"파이팅!"**이라고 외치며, 며칠 전 지안의 응원에 답합니다. (도청 앱을 통해 지안이 엿듣고 있습니다.)* 그리곤 다시 씩씩하게 걸어갑니다.

이런 길동무 하나 있다면 얼마나 좋을까요?

지안   고마워요. 나한테 잘해줘서.

동훈   너 나 살리려고 이 동네 왔었나 보다.

        다 죽어가는 나 살려놓은 게 너야.

지안   난 아저씨 만나서, 처음으로 살아봤는데.

동훈   이제 진짜 행복하자.

〈나의 아저씨〉 16화

동훈과 지안이 맥주잔을 부딪치며 서울에서 나누는 마지막 대화입니다. 무언가 냄새가 나지 않나요? 아니 향기라고 해야겠군요. 도인의 향기.

동훈은 지안이 후계동에 와서 자신을 살려 놓았다고 하고,

---

*   지안은 사채를 갚기 위해 도준영 대표와 거래를 하게 되고, 동훈의 폰에 도청 앱을 설치합니다. 엿듣기를 통해 동훈의 진심을 알게 되고 공감으로 이어져 지안이 치유의 길로 나아가는 계기가 됩니다. 그리고 지안은 동훈의 깨달음과 치유에 영향을 줍니다. 이 엿듣기와 치유에 관한 논문이 있어 소개합니다.
조보라미, 「텔레비전 드라마에 나타난 엿듣기의 의미와 효과-〈나의 아저씨〉를 중심으로-」, 『겨레어문학』 제71집(2023. 12), 겨레어문학회.

지안은 동훈을 만나서 처음으로 살아봤다고 합니다.

내가 널 알아.(I see you.)

과연 산다는 것은 무엇일까요?

이 둘은 왜 서로를 살려주었다고 하는 걸까요? 두 사람은 서로 만나기 전에도 분명 살아 있었는데 말이죠. 숨 쉬고, 먹고, 자고, 일하는 것만으로는 산다고 할 수 없는가 봅니다.

우린 살아 있는 걸까요?

나를 살리러 온 사람이 있다면 그 사람을 무엇이라고 부르면 좋을까요? 네, 보살. 맞습니다.

여러분을 살리러 온 보살이 있다면 그 보살의 이름은? 네, 관세음보살觀世音菩薩! 세상 사람들의 근심과 걱정을 다 들어주고 보듬어주신다는 보살입니다. 그래서 천 개의 손, 천 개의 눈(천수천안千手千眼)을 지닌 보살입니다.

만약 관세음보살이 이 땅에 오신다면 어떤 모습으로 오실까요? 하늘거리는 백의白衣를 걸치고…… 관세음보살께서 우리 곁에 나투어 오신다고 해도 못 알아볼 겁니다. 우리가 그리는 관세음보살에 대한 상相이 있으니까요.

그 '모양(相)이 모양(相)이 아님을 알면 여래를 볼 수 있다'*
라는 것이 대승경전 가운데 하나인 『금강경』의 주제입니다

「나의 아저씨」 속으로 더 들어가 봅시다. 위 대화에 앞선 둘
의 대화입니다.

지안　진짜 내가 안 미운가?

동훈　사람 알아버리면, 그 사람 알아버리면, 그 사람이 무
　　　슨 짓을 해도 상관없어.

　　　내가 널 알아.

지안　아저씨 소리… 다 좋았어요. 아저씨 말… 생각… 발
　　　소리… 다…

　　　사람이 뭔지… 처음 본 거 같았어요…

〈나의 아저씨〉 15화

"사람이 뭔지… 처음 본 거 같았어요…" '인간의 근원에 깊
이 뿌리 닿아 있는 사람을 만나고 싶다'는 드라마의 기획의도

---

*　범소유상 개시허망 약견제상비상 즉견여래凡所有相 皆是虛妄 若見諸相
　非相 卽見如來
　'무릇 형상 있는 것은 다 허망하니 만약 모든 상을 상 아닌 것으로 볼
　수 있으면 바로 여래를 보리라.'

를 다시 한 번 떠올려 봅니다. 지안은 그 '사람'을 처음으로 보았다고 하는군요. 저는 그 사람이 '보살'이고, 지금이야말로 그 '보살'이 절실히 필요한 시대라고 말하는 중입니다.

　5년 전 유난히도 무더웠던 여름, 국립세종도서관에 앉아 「나의 아저씨」 이야기를 써 보겠다고 땀을 흘릴 때도 가장 어려웠던 대사로 다가왔던 게 바로 동훈의 "내가 널 알아."였습니다.

　"내가 널 알아."라고 말하기까지 과정이 있었습니다.

동훈　누가… 나를 알아. 나도 걔를 좀 알 것 같고.
기훈　좋아?
동훈　슬퍼.
기훈　왜?
동훈　나를 아는 게 슬퍼.

〈나의 아저씨〉 4화

　동훈은 지안의 무엇을 알았기에 "내가 널 알아."라고 한 것일까요?

　5년 전 "내가 널 알아."란 말을 듣고 제일 먼저 떠올린 문장이 있었는데 쓰질 못했습니다. 이유는 모르겠지만요. 이제 써

보려 합니다. 어차피 저만의 굴절된 렌즈로 보고 제 뇌가 해석한 「나의 아저씨」이니까요.

"내가 널 알아."를 보고 처음 떠올린 건 '아바타'(Avatar, 2009년 제임스 카메론 감독)란 영화 속의 "I see you."란 대사였습니다.

그대로 해석하면, '나는 당신을 봅니다.'입니다. 이때 '당신을 봅니다.'는 눈의 망막을 통해 들어온 외부 대상으로서의 상대에 대한 정보를 뇌로 보내서 뇌가 해석한 형체를 본다는 의미가 아닙니다.

영화에서 'I see you'는 '당신의 내면을 본다. 당신의 내면과 나의 내면이 만난다'라는 의미가 강합니다.

그래서 동훈이 "내가 널 알아."라고 말했을 때 "I see you." 가 떠올랐습니다. 동훈이 지안의 마음을 알고 있고 지안 또한 동훈의 마음을 알고 있기 때문입니다.

회사를 떠나 도망 다니던 지안은 드디어 동훈과 만납니다.

지안   사람만 죽인 줄 알았지? 별 짓 다 했지? 더 할 수 있
        었는데. 그러게 누가 네 번 이상 잘해주래~?
        바보같이 아무한테나 잘해주고, 그러니까 당하고
        살지.

동훈   고맙다. 고마워. 그지 같은 내 인생 다 듣고도, 내 편
　　　들어줘서 고마워. 나 이제 죽었다 깨어나도 행복해야
　　　겠다. 너, 나 불쌍해서 마음 아파하는 꼴 못 보겠고!
　　　난, 그런 너 불쌍해서 못 살겠다. 너처럼 어린 애가
　　　어떻게 나 같은 어른이 불쌍해서…
　　　나 그거 마음 아파서 못 살겠다. 내가 행복하게 사는
　　　꼴 보여주지 못하면, 넌 계속 나 때문에 마음 아파할
　　　거고, 나 때문에 마음 아파하는 너 생각하면 나도 마
　　　음 아파 못 살 거고.
　　　그러니까 봐, 어~ 봐. 내가 어떻게 행복하게 사나 봐,
　　　꼭 봐. 다 아무것도 아냐. 쪽팔린 거, 인생 망가졌다고
　　　사람들이 수군거리는 거, 다 아무것도 아냐. 행복하
　　　게 살 수 있어. 나 안 망가져. 행복할 거야. 행복할게.
지안   아저씨가 정말로 행복했으면 했어요.
동훈   어 행복할게.

〈나의 아저씨〉 15화

　더 이상 설명이 필요 없는 둘의 대화입니다. 이 대화 다음에
이어지는 대화가 바로 "내가 널 알아."입니다.
　이렇게 나를 아는 사람 있으신가요? 함께 길(道)을 걸어가

는 사람 있으신가요?

I see you!

당신을 봅니다.

5년 전 처음 「나의 아저씨」 이야기를 쓸 때는 "내가 널 알아."란 말 아래 이렇게 메모를 해 두었습니다.

오심즉여심吾心卽汝心*

내 마음이 곧 네 마음이다

---

* 　수운 최제우의 『동경대전東經大全』 논학문(김용옥은 동학론이 맞는 이름이라고 한다)에 나오는 말입니다. 자세한 사항은 도올 김용옥의 『동경대전』(2권)을 참조하기 바랍니다.

"달릴 때는 내가 없어져요."

지안이 만나는 진짜 나

지안 나 왜 뽑았어요?

동훈 달리기, 내력이 세 보여서. 백 미터 몇 촌데?

지안 몰라요, 기억 안 나요.

동훈 그런데 그게 무슨 특기래.

지안 **달릴 때는 내가 없어져요. 근데 그게 진짜 나 같아요.**

<나의 아저씨> 7화

"달릴 때는 내가 없어져요. 근데 그게 진짜 나 같아요."
지안의 이 대사가 저를 벌떡 일으켜 세웠습니다.

"내가 없어져요"는 무아無我라는 이야기고, "진짜 나"는 다른 말로 바꾸면 '참나' 아닌가? 한자로 바꾸면 '진아眞我'라는 소린데…… 이런 생각들이 머리를 스쳤습니다. 그럴 리는 없겠지만 혹시 작가가 '무아', '참나', '진아'를 염두에 두고 쓴 대사인가?

달릴 때 없어지는 나는 누구인가요? 그런데 없어진 내가 **진짜 나** 같다니! 그 '진짜 나'는 누구일까요?(Who am I?)

먼저, "달릴 때는 내가 없어져요."라고 할 때 지안은 왜 '내가 없어진다'고 느꼈을까요? "내가 없어져요."라는 말 속에는 제발 없어지길 바라는 '나'가 있는 건 아닐까요? 왜냐하면, 지안에게 있어 이 '나'가 너무도 괴로운(苦) '나'로 보이기 때문입니다.

「나의 아저씨」 공식 홈페이지에 소개된 주인공 지안에 대한 설명 가운데 일부입니다.

"차가운 현실을 온몸으로 버티는 거친 여자
여섯 살에 병든 할머니와 단 둘이 남겨졌다. 꿈, 계획, 희망 같은 단어는 쓰레기통에 버린 지 오래. 버는 족족 사채 빚을 갚고 있다. 그래서 하루하루 닥치는 대로 일하고, 닥치는 대로 먹고, 닥치는 대로 산다."

"꿈, 계획, 희망 같은 단어는 쓰레기통에 버린 지 오래." 읽는 것만으로도 답답하고 먹먹합니다. 지안은 휴게실의 믹스커피를 몰래 한 움큼 가방에 집어넣고 사무실을 나섭니다. 바로 집으로 퇴근을 못하고 식당 알바로 이어져 늦은 밤까지 설거지를 합니다. 알바 끝나고 집으로 돌아와선 회사에서 가져온 믹스커피 두 봉지를 타서 마시는 게 저녁입니다.

때론 알바하는 식당에서 손님이 먹다 남은 음식을 비닐봉지에 챙겨 두었다가 집으로 가져와서 먹는 장면은 '닥치는 대로 먹는 지안'을 적나라하게 보여줍니다. 이것마저도 들켜 알바 자리를 잃기도 합니다.

지안은 달릴 때 적어도 이렇게 고통 받는 '나'는 '진짜 나'가 아니길 바라진 않았을까요? '이건 내가 아니야. 이렇게 고통 받는 나는 내가 아니야.'

그런데 이 괴로운 나가 없어진 것처럼 느낀답니다. 언제요? 달릴 때요. 달릴 때는 이렇게 괴로운(苦) '나'가 없어진다니 얼마나 좋습니까? 이런 체험은 어떻게 가능할까요?

그저 달린다. 오직, 달리기만 한다. 아무 **생각 없이** 달리기만 한다.

아무 생각 없이 달리는 동안은, 잠깐 동안이지만 할머니 걱정, 사채 걱정이 잠시 사라진 겁니다. 그 순간, 잠시, 아주 잠시 동안이지만 생각이 없으니 고요합니다. 행복감을 느낍니다.

　이러한 순간적 평온함을 불교용어로 말하면 '찰나열반'입니다. 실은 우리가 알고 있는 대부분의 명상冥想 방법이라는 게 이처럼 생각을 내려놓는 것입니다. 이 생각을 내려놓을 수 있는 효율적인 방법이 있다면 그것이 가장 훌륭한 명상법 가운데 하나인 거죠.

　지안이 달릴 때 '진짜 나'를 만난 명상은 '달리기명상'이 되겠죠. 달리기명상을 통해서 고통(苦)의 '나'가 사라지면 고요하고 행복한 존재감만 남습니다. 그 존재감을 '진짜 나'라고 느낀 것입니다.

오온은 무상하고 내가 아니다

부처님은 우리의 **생각**과 우리가 느끼는 다양한 **감정**, 보고, 듣고, 냄새 맡고 맛보고, 촉감을 느끼는 **오감**을 오온(五蘊: 색色·수受·상想·행行·식識)이라고 했습니다. 그런데 이 오온은 무상無常하고 내가 아니다(非我)라고 했습니다.

　이와 같이 나는 들었다.

어느 때에 부처님께서 사밧티성 제타 숲 아나타핀티카 동산에 계셨다. 그때 세존께서 비구들에게 말씀하셨다.

"색은 덧없는 것이다. 덧없는 것은 괴로운 것이다. 괴로운 것은 나가 아니다. 나가 아니면 그 일체는, '나도 아니고, 나와 다른 것도 아니고, 나와 함께 있는 것도 아니다.'라고 여실히 아니, 이것을 바른 관찰이라 한다. 느낌·생각·결합·식별에 대해서도 그와 같다.

많이 들어 아는 거룩한 제자들은 이 다섯 가지 취한 근간(五取蘊)에 대하여 그것은 나가 아니고, 나의 것도 아니라고 관한다. 이렇게 관하면 모든 세간에서 전혀 취할 것이 없고, 취할 것이 없기 때문에 집착할 것이 없으며, 집착할 것이 없기 때문에 스스로 열반을 얻는다. 그래서 나의 생은 다하고 범행은 갖추었고 할 일은 마쳐, 다시는 다음 생을 받지 않을 줄 스스로 안다."

부처님께서 이 경을 말씀하시자, 모든 비구는 부처님 말씀을 듣고 기뻐하며 받들어 행하였다.

(「청정경淸淨經」『잡아함경』 제3권 84경)

_ 고익진 엮음,『한글 아함경』(담마아카데미, 2014 재개정판),

pp.627~628

지안이 달릴 때 내가 아니라고 느낀 게 바로 '오온(色·受·想·行·識)의 나'인 거죠. 위에서 인용한 『청정경』에서는 색, 느낌, 생각, 결합, 식별이라고 번역을 했습니다. 그 오온의 나가 없어지고 나니 고요하고 행복한 존재감 그 자체가 드러나는 데 이것을 '진짜 나'라고 느낀 겁니다.

부처님은 오온의 나를 '나'가 아니고 '내 것'도 아니라고 바르게 관하면 취할 게 없고 집착할 것이 없기 때문에 열반(니르바나Nirvana: 불 꺼진 자리)을 얻는다고 했습니다.

생각, 감정, 오감의 나를 에고라고도 하고, 이 에고를 내려놓은 자리를 '참나', '진아眞我*'라고 합니다. 부처님은 열반이라고 했습니다.

이 '진짜 나'를 다르게 설명하면 '순수한 알아차림', '각성(Awareness)'입니다.

그렇다면 혹시 여러분들께서도 지안이 달릴 때 느낀 '진짜 나'를 만나본 적이 있으신가요?

우리는 지금 「나의 아저씨」를 보고 있으니, 드라마의 주요

---

* 초기불교를 공부하는 분들이나 일부 불교학자들은 '참나', '진아'는 힌두교의 아트만 사상으로 회귀한 것이라고 비판합니다. '석가모니 부처님은 오직 무아無我만을 말했지 참나, 진아를 이야기하지 않았다'고 합니다.

무대인 삼안E&C 장 회장의 체험을 한 번 봅시다.

회장이 캠핑장에서 모닥불을 피워놓고 대화를 나누는 장면입니다.

> 장회장 네덜란든가 노르웨인가 티브이 프로그램에 하루 종
> 일 모닥불이 타는 모습을 보여 주는 게 있는데, 그런
> 데 그게 시청률이 나온데.
> 나같아도 볼 거 같아.
> 마음이 쉬고 싶은 거지.
> 눈을 감고 누워 있어도 이 생각 저 생각 계속 생각이
> 떠오르는데 불을 보고 있으면 희한하게 생각이 없
> 어져.
>
> 〈나의 아저씨〉 7화

장 회장은 눈을 감고 누워 있어도 온갖 잡념이 떠오르는데 희한하게도 불을 보고 있으면 **'생각이 없어진다.'**고 합니다. 이런 체험은 누구나 한 번쯤 해본 적이 있을 겁니다.

요즘 캠핑 다니는 분들이 많은데요, 캠핑에서 누리는 여러 재미가 있겠지만 가장 큰 재미는 역시 화롯대에 불 때는 맛이라고들 합니다. '불멍'하러 간다고들 하죠.

아궁이에 불을 때건 캠핑장 화롯대에 장작불을 피우건 활활 타오르는 불만 바라볼 때 생각이 없어지는 경지. 이 경지를 다르게 표현하면 무심無心의 경지입니다. 일종의 명상이죠. '모닥불 명상'입니다. 장 회장은 모닥불 명상을 하러 캠핑장을 찾는 겁니다.

"희한하게 불을 보고 있으면 생각이 없어져." 이렇게 무심無心할 때 만나는 건 무엇일까요? 온갖 고민과 괴로움이 잠시 사라진 고요하고 행복한 상태를 만나는 것은 아닐까요? 지안은 달릴 때, 장 회장은 불을 보고 있을 때 괴로운 '나'가 사라진 '진짜 나'를 만나는 느낌을 받는 겁니다.

캠핑장에서 회장과 동훈의 이어지는 대화를 들어보시죠. 회장과 사장 둘만 있는 캠핑장을 동훈이 불쑥 찾아온 상황입니다. 그래서 모닥불 앞엔 회장, 도준영 대표, 박동훈 부장, 이렇게 셋이 앉아 있습니다.

회장 왜 왔어? 왜 왔냐고?
동훈 까먹었습니다.
회장 불이 다 태웠나보네.

〈나의 아저씨〉 7화

이 대화도 마치 선문답禪門答처럼 들립니다.

이 캠핑장은 전날 동훈의 아내와 바로 앞의 도준영 대표가 몰래 만나 데이트를 한 곳입니다. 그것을 눈치 챈 동훈이 직접 눈으로 확인하러 온 것이죠.

동훈의 대답 "까먹었습니다."는 회장님의 질문에 답변이 곤란하자 이를 모면하기 위한 것으로 보입니다.

그러나 잠시 동안 타오르는 장작불만 바라보면서 실제로 자신이 온 진짜 이유를 까먹을 수도 있지 않았을까요? 잠시 생각이 끊어진 거죠. 회장의 말대로 '불이 다 태워서' 무심해진 것일 수 있는 겁니다.

아내의 밀회 현장과 그 상대남자를 마주하고 있는 고통도 잠시 잊고 고요했을 수도 있습니다. 그렇다면 그때 만난 건 지안이 만난 '진짜 나'와 같은 '나'입니다.

'진짜 나'가 주는 고요함이나 행복감이란 게 이런 극심한 고통의 순간에도 느낄 수 있습니다. '진짜 나'가 주는 고요함과 행복감의 특징이기도 하거든요.

오직 모를 뿐(Only don't know)

그럼 이 '참나(眞我)'를 만날 수 있는 보다 쉬운 방법은 없을까요?

동훈이 불을 보면서 "까먹었습니다."라고 했는데, 이걸 응용해 보는 겁니다. 군이 캠핑장까지 가서 장작을 구해 연기 마셔가면서 불을 피울 필요가 없습니다. 그냥 이 자리에서 지금 바로 까먹는 겁니다. 앞에서 오온五蘊이라고 했던 생각, 감정, 오감을 통째로 '모르겠다!' 하고 까먹어 버리는 겁니다.

이게 가능할까요? 한번 해보시죠. 이건 직접 해보는 방법밖에 없습니다.

까먹는 방법을 다르게 표현하면 '몰라(don't know)'입니다.* 생각, 감정, 오감의 나를 통째로 '몰라'라고 선언하는 겁니다. 지식으로 무엇을 '안다, 모른다'라는 그런 모른다가 아니라 어떤 생각, 어떤 감정, 어떤 오감이 떠오르든지 그냥 통째로 모르겠다! 라고 하는 겁니다. 일체를 내려놓고 '판단중지判斷中止'를 해보십시오. 그러고 나면 뭐가 있습니까?

---

* '몰라'라는 명상을 처음 접한 건 윤홍식의 '현대인을 위한 수심결 강의'(2014년, BBS불교방송) 프로그램이었습니다.

이 방법을 가장 잘 설명하고 대중적으로, 세계적으로 널리 펴신 분이 바로 숭산(崇山, 1927~2004) 스님입니다. 숭산 스님께서 미국 제자들과 편지로 나눈 법담法談을 모아 엮은 영문 책 제목이 『Only don't know』입니다. 우리말로 번역하면 '오직 모를 뿐'이지요.

"모른다는 세계로 바로 들어간다."는 것은 그 어떤 형태, 감정, 느낌, 자극, 인식도 없다는 것이다. 이것을 이해한다면 눈, 귀, 코, 혀, 몸, 생각도 없을 것이고 그 어떤 색, 소리, 냄새, 맛, 감촉도 없을 것이요 생각할 대상도 없을 것이다. 마음이 비어 있다면 이미 완전한 것이며 너 자신이 절대자이다. 그리고는 쾅! 너는 깨닫는다. 그러면 볼 수 있으며 들을 수 있고, 냄새 맡을 수도 있어 모든 것이 있는 그대로의 진실이다. 이러한 진실은 어떤 선사의 가르침과도 상관없는 것이다. 선이란 자기 자신을 완전히 믿는 것이기 때문이다.

_ 현각 저, 『오직 모를 뿐』(물병자리, 2002), p.220

숭산 스님의 말씀대로 '모른다'의 세계로 곧바로 들어가면 그 어떤 형태, 감정, 느낌, 자극, 인식도 없습니다. 어떤 색, 소리, 냄새, 맛, 감촉도 없으며, 생각할 대상도 없습니다. 이렇듯 마음이 비어 있어 이미 완전하며 나 자신이 절대자인 '진짜 나'를 만나게 됩니다.

다시 한 번 말씀드리지만 이건 직접 해봐야 합니다. 말과 개념, 지식으로 만나는 영역이 아닙니다. 직접 해봐야 합니다.

'오직 모를 뿐(Only don't know)'의 출전을 거슬러 올라가면, 고려시대 보조국사 지눌 스님의 『수심결修心訣』가운데 '단지불회但知不會 시즉견성是卽見性'이란 게송이 있습니다. 오직 모르는 줄만 알면 그것이 곧 견성見性이라는 뜻입니다.

숭산 스님은 '단지불회'를 '오직 모를 뿐!'이라고 새기고 제자들에게 '오직 모를 뿐의 세계로 곧바로 들어가라(Go straight! only don't know!)'고 했습니다.

지안의 '진짜 나'가 숭산 스님의 '오직 모를 뿐'까지 이어졌네요.

보살예수론

문제는, '오직 모를 뿐(only don't know)'을 통해 생각을 멈추고 고요하고 행복한 '진짜 나'를 만났다고 끝이 아니라는 것입니다. 우리는 그 '참나, 진아眞我'에 안주하고만 있을 수는 없습니다.

지안이 달리기를 통해 잠깐 만난 '진짜 나'건, 장 회장이 캠핑장에서 모닥불을 보면서 잠깐 생각이 멈추고 마음이 쉬어지건 모두 일시적일 수밖에 없습니다.

결코 거기에 안주할 수만은 없습니다. 아무리 '진아'에 안주한 아라한이나 도인이라 해도 '음식남녀(食色)'라고 하는 몸의 기본욕구를 멈출 순 없습니다. 우리는 살아 있는 한 '에고'라고 하는 생각, 감정, 오감을 쓰면서 살아야 합니다.

대승은 이걸 알고 인정한 겁니다. '생각, 감정, 오감을 쓰며 살 수밖에 없구나. 그러니 이 생각, 감정, 오감을 바르게 쓰면서 사는 게 맞겠구나. 우리가 멈추려고 했던 생각, 감정, 오감도 참나의 쓰임이구나.' 하는 걸 안 것이죠.

이걸 궁극으로 밀어 붙이면, 에고와 참나가 둘이 아님을, 다시 말해 번뇌가 따로 있지 않고 번뇌가 곧 열반임을 알게 됩니다. 대승은 진리의 세계와 속세가 '다르지 않다, 둘이 아니다', 즉 진속불이眞俗不二라고 주장하게 된 것입니다.

불이不二 사상을 중요하게 다루는 대승경전이 있습니다. 우린 이미 앞에서 이 경전을 만났답니다. 네, 바로 『유마경』입니다.

세 번째 이야기에서 아저씨보살 유마를 만났었죠. 『유마경』

의 핵심사상을 흔히 불이법不二法이라고 합니다.『유마경』의 제9장이 '입불이법문품入不二法門品'입니다.

불이법의 문에 들어가는 방법을 서른두 명의 보살이 등장해서 설명합니다. 깨달음과 번뇌가 둘이 아니고, 부처와 중생이 둘이 아니며, 정토와 예토穢土가 둘이 아니라는 절대 평등의 경지가 보살이 추구해야 할 경지다 라는 점을 역설하고 있습니다.

대승은 여기까지 간 겁니다. 열반이건 천국이건 별도의 저세계가 있어서 여기를 버리고 갈 것이 아니라, 내가 발 딛고 있는 '지금 여기'를 바로 정토와 천국으로 만들자는 겁니다. 이렇게 대승은 나아간 것이죠. 대승은 인류가 만든 멋지고 위대한 사상입니다.

기독교인이면서도 불교를 전공해 불교와 기독교의 대화를 시도했던 종교학자 길희성(1943~2023)의 '보살예수론'입니다.

저는 예수님이 불교 문화권에서 탄생했다면 틀림없이 자비로운 보살의 모습으로 나타나셨으리라 상상해봅니다. 그래서 사람들은 그에게서 중생의 고통에 참여하는 보살의 전형적인 모습을 보았을 것이고, 그를 통해 보살상은 더 심화

150

되었을 것이라고 생각합니다. 반대로 만약에 보살이 2,000년 전 척박한 유대 땅에 출현했다면 필경 예수님의 모습으로 출현했을 것이며, 그를 통해서 이스라엘이 고대하던 메시아상이 도전받고 심화되었을 것이라 믿습니다. 따라서 우리 아시아인이 우리의 언어로 독자적 그리스도론을 전개한다면, 이러한 아시아적 그리스도론의 한 중요한 형태가 '보살예수론'이어야 한다고 저는 믿습니다.

_ 길희성, 『보살예수』(현암사, 2004), p.196

이웃을 자기 몸과 같이 사랑하는 사랑, 원수까지도 사랑하는 사랑, 죄인과 의인을 가리지 않고 모든 사람에게 햇빛과 비를 주시는 하느님 아버지의 완벽한 사랑을 본받는 예수의 사랑은 무조건적 사랑이요, 무차별적 사랑이요, 무아적 사랑입니다. 그것은 무엇을 얻기 위한 사랑, 대가를 바라는 사랑, 자신의 이익을 구하는 사랑, 자신의 부족함을 보충하기 위한 사랑이 아니라 아가페 사랑입니다. 보살의 자비 또한 공관空觀에 근거한 무연자비無緣慈悲로서 무차별적인 자비입니다. 주는 자(與者)와 받는 자(受者)와 재물財物의 상을 떠난 순수한 자비이며 베풂 없는 베풂, 자비 아닌 자비라 할 수 있습니다.

_ 길희성, 앞의 책, p.203

대승에서 말하는 보살의 삶을 이 땅에서 가장 잘 보여주고 가신 분이 예수님이라는 이야기입니다. 예수가 불교문화권에 태어났다면 보살의 모습으로, 보살이 유대 땅에 출현했다면 예수님의 모습으로 나타났을 거라는 '보살예수론'입니다.

　지안의 진짜 나 이야기가 보살예수론까지 이어졌네요.

　이제부터는 「나의 아저씨」가 대승이라고 생각한 결정적인 이유, 윤회와 관계되어 있다고 말씀드렸던 그 이야기 속으로 들어가 보겠습니다.

"나 이제 다시 태어나도 괜찮아요."

삼만 살 지안, 윤회를 건너다

「나의 아저씨」에는 윤회輪回 이야기가 계속해서 나옵니다. 제일 먼저 등장하는 장면입니다.

> 동훈   이 건물 밑이 하천이야. 야, 봐봐.
>
>   물길 따라 지어가지고 이렇게 휘었잖아.
>
> (송과장, 김대리, 형규) 예, 그러네. 그러네.
>
> 동훈   복개천 위에 지어가지고 재건축도 못하고 그냥 이렇게 있다가 수명 다하면 없어지는 거야.
>
>   터를 잘못 잡았어. 그것도 나랑 같아. 나도 터를 잘못

잡았어. 지구에 태어나는 게 아닌데.

김대리 우리 부장님 오늘따라 왜 이리 센티해.

뭐 경직된 인간이 불쌍하네, 어쩌네.

아니 그래서 뭐 어디에 태어나고 싶은데요?

동훈 안 태어날 거다. 새끼야.

송과장 너무 단호하게 말씀하시는 거 아닙니까?

다시 태어날 수도 있는 거죠.

〈나의 아저씨〉 4화

동훈 삼형제가 등에 '후계조기축구' 로고가 박힌 롱 패딩을
입고 나란히 앉아 포장마차에서 술을 마시는 중입니다.

기훈 이 미친 그랜드캐년을 다음 생에 두고 봐 씨.

동훈 넌 또 태어나고 싶냐?

기훈 당연하지. 이번 생은 망했고 다음 생은 내가 끝내주
게 잘 풀려가지고 아주 제대로 밟아줄 테니까 기다리
라 그래.

동훈 너 전생에 그렇게 이 악물고 다음 생에 꼭 보자 하고
만난 인간들이 지금 그 인간들이야. 임마.

기훈 그럴 리 없어.

상훈　맞는 거 같은데.

기훈　절대 그럴 리 없어. 내가 그렇게 허술하게 아무런 준
　　　비도 없이 그 인간들을 맞이했을 리가 없어.
　　　이번 생에 튀어나온 인간들이야 백 프로.

동훈　이번 생에 만난 인간들은 이번 생에 다 까부수고 제
　　　발 그만 좀 떠나자.

〈나의 아저씨〉 6화

　　이렇게 '이번 생에는', '다음 생에는' 하는 대사를 통해 자연
스럽게 윤회를 말합니다. 전생, 윤회는 영화나 드라마의 단골
소재가 된 지 오래이니 새롭다 할 건 없습니다.

　　그런데 「나의 아저씨」가 윤회를 풀어가는 방식이 마음에 듭
니다. 「나의 아저씨」를 '대승'이라고 한 결정적인 이유도 여기
에 있습니다.

　　이번에는 지안이 삼만 살이라고 하는 장면입니다.

지안　겨울이 싫어.

동훈　좀 있으면 봄이야.

지안　봄도 싫고 봄 여름 가을 겨울 다 싫어요. 지겨워.
　　　맨날 똑같은 계절 반복해 가면서…

동훈   스물한 살짜리가 할 말은 아닌 거 같은데.

지안   내가 스물한 살이기만 할까? 한 번만 태어났을려구.
       매 생애 육십 살씩 살았다 치고 오백 번쯤 환생했다
       치면 한 삼천 살 쯤 되려나.

동훈   삼만.

지안   어 삼만… 왜 자꾸 태어나는 걸까?

동훈   가라.

지안   내일 봬요.

〈나의 아저씨〉 8화

지안이 3만 살이라고 한 얘기를 동훈은 정희에게 들려줍
니다.

동훈   어떤 애가… 자기가 삼만 살이래…

정희   삼만사리가 뭐야?

동훈   나이가 삼만 살이라고. 수없이 태어났을 테니까, 모
       든 생애를 합치면 삼만 살 정도는 되지 않을까… 왜
       자꾸 태어나는지 모르겠다는데, 난 알아. 왜 자꾸 태
       어나는지.

동훈   여기가 집이 아닌데… 자꾸 여기가 집이라고 착각을

하는 거야…

그래서 자꾸 여기로 오는 거야. 어떻게 하면 진짜 집
으로 돌아갈 수 있을까. 다시 태어나지 않고.

정희　야 바보야! 너 진짜 몰라? 어떻게 하면 다시 태어나
　　　지 않고, 집으로 돌아갈 수 있는지 몰라? 어?

정희　미워하는 미워하는 마음 없이 아낌없이 아낌없이 사
　　　랑을 주기만 할 때 그립고 아름다운 내 별나라로 갈
　　　수 있다네.

기훈　별나라 안 가, 별나라 대따 재미없어.

　　　　　　　　　　　　　　　　　〈나의 아저씨〉 8화

어떻게 하면 다시 태어나지 않고 집으로 돌아갈 수 있을까?
동훈이 풀지 못한 문제의 답을 정희가 알고 있었습니다. '백만
송이 장미'란 노래가사 중 한 구절입니다. 사랑이었습니다. 미
워하는 마음 없이 아낌없이 아낌없이 주는 사랑입니다. 둘이
나누는 대화는 지안도 도청을 통해 듣고 있습니다. 우린 아낌
없이 주는 사랑이야말로 보살의 씨앗이라고 했습니다.

　지안이 삼만 살이라고 한 건 그냥 한 번 해 본 말이 아닙니
다. 영화감독이었던 기훈의 첫 장편영화의 주인공 유라와 지
안이 '정희네'에서 나누는 대화입니다.

유라	너 내 동생 할래. 나 옷 진짜 많은데, 다 비싼 거야.
기훈	몇 살인 줄 알고 너래.
유라	백퍼 나보다 어려요, 그지? 난 서티원, 삼십일, 빠른.
	년?
지안	삼만 살.
정희	야 니가 삼만 살이구나. 반가워 난 사만 살.
기훈	뭐래. 참.

〈나의 아저씨〉 15화

이쯤에서 한 가지 의문이 듭니다. 지안은 자신이 3만 살쯤 된다는 걸 어떻게 알았을까요? 윤회를 알려준 사람은 혹시 할머니가 아니었을까요?

지안의 할머니는 소리를 들을 수 없고 말도 못하니 수화로 의사소통을 합니다. 극 후반부에 지안이 경찰조사를 앞두고 동훈과 함께 할머니가 계신 요양원을 방문합니다. 이때 지안에게 해주는 이야기입니다. (둘 사이의 마지막 만남이었기에 손녀에게 주는 마지막 유언이기도 합니다.)

봉애	참 좋은 인연이다. 귀한 인연이고.
	가만히 보면 모든 인연이 다 신기하고 귀해.

갚아야 해. 행복하게 살아. 그게 갚는 거야.

〈나의 아저씨〉 16화

봉애보살의 '인연'에 관한 수화 법문으로 보입니다. 지안의 할머니 또한 윤회를 믿었고 손녀에게 이야기를 해주지 않았을까? 저 혼자 해보는 상상입니다.

여러분은 윤회를 믿나요? 우리는 전생을 기억할 수도 없고, 실제로 믿기 어렵습니다. 더구나 오늘날과 같이 과학 문명세계에 사는 우리가 윤회를 실제로 받아들이는 건 더더욱 쉽지 않습니다.

그러다보니 윤회는 불교계 안에서도 논쟁거리입니다. 부처님은 무아無我를 말씀하셨기 때문에 윤회의 주체를 인정할 수 없다고도 합니다. 최근에는 한 스님께서 '윤회는 없다.'라고 주장하는 바람에 논쟁이 되고 있기도 합니다. (여기서 이 문제를 자세하게 논할 수는 없고 관심 있으면 '무아와 윤회', '윤회는 없다'로 검색해서 논점을 일별해보기 바랍니다.)

저는 언제 처음 들었는지 기억하진 못하지만 윤회를 믿게 된 건 최근의 일입니다. 그렇다고 전생을 볼 수 있는 신통력이 생긴 건 아닙니다. 대승보살을 공부하고 난 이후의 일입니다. 전생을 알지 못하더라도 지금은 윤회를 믿습니다.

자연과학은 탐구대상을 재고, 세고, 측정합니다. 길이와 면적을 재고, 원자와 전자의 개수를 세고, 위치와 속도를 측정합니다. 양자역학에서는 측정에 '관측'이라는 복잡하고 어려운 문제가 개입합니다. 과학은 측정할 수 있는 것, 증명할 수 있는 것을 대상으로 한다는 점에서 정직하고 엄밀한 학문체계입니다.

잠시 드라마 속으로 들어가 볼까요. 동훈은 본인 직업의 특기를 살려 형에게 갑질한 사장을 형과 가족들에게 사과하러 오게 만드는 통쾌한 장면을 연출합니다. 구조기술사라는 자신의 직업을 지안에게 알려주는 장면입니다.

지안   공짜로 안전진단도 해줘요?

동훈   그럼 한동네 살면서 돈 받냐.

지안   건축산 거 소문나면 여기저기서 다 봐 달라고 할 텐데.

동훈   건축사 아니고 구조기술사.

         여태 무슨 회산지도 모르고…

지안   비슷한 거 아닌가.

동훈   달라. 건축사는 디자인하는 사람이고, 구조기술사는

         그 디자인대로 건물이 나오려면 어떤 재료로 어떻게

         만들어야 안전한가, 계산하고 또 계산하는 사람이고.

말 그대로 구조를 짜는 사는 사람.

<나의 아저씨> 8화

동훈이 하는 계산하고 또 계산하는 일이야말로 바로 과학의 탐구방법입니다. 이어지는 대화입니다.

동훈   모든 건물은 외력과 내력의 싸움이야.

바람, 하중, 진동… 있을 수 있는 모든 외력을 계산하고 따져서, 그보다 세게 내력을 설계하는 거야.

아파트는 평당 삼백키로 하중을 견디게 설계하고. 사람이 많이 모이는 학교나 강당은 하중을 훨씬 높게 설계하고.

한 층이라도 푸드코트는 사람들 앉는 데랑, 무거운 주방 기구 놓는 데랑 하중을 다르게 설계해야 되고.

항상 외력보다 내력이 세게…

인생도 어떻게 보면 외력과 내력의 싸움이고, 무슨 일이 있어도 내력이 세면 버티는 거야.

지안   인생에 내력이 뭔데요?

동훈   몰라.

<나의 아저씨> 8화

동훈은 건물 구조의 내력은 과학적 방법으로 정확하게 계산할 수 있지만 인생의 내력은 알 수 없다고 합니다.

이처럼 우리가 살고 있는 이 세상에는 셀 수 없고(uncountable), 증명할 수 없는(unprovable) 문제가 더 많습니다. 인간의 의식이나 마음의 문제가 대표적이죠. 드라마의 처음부터 등장해서 저를 놀라게 한 '마음' 말입니다.

윤회 역시 마찬가지입니다. 측정하거나 증명 가능한 과학의 탐구 대상이 아닙니다. 윤회의 존재여부를 묻는다면 현재로선 '모른다.'라고 답하는 것이 과학적인 태도겠죠. 저에게 윤회를 과학적으로 증명하라고 요구한다면 '과학적 증명이란 잣대는 치워주십시오.'라고 정중하게 말씀드리겠습니다.

윤회와 과학의 이야기를 하느라 잠깐 옆길로 빠졌습니다. 아무튼 전 윤회를 깨닫는 데 오십 년이 넘게 걸렸는데 지안은 어떻게 어린 나이에 윤회를 알 수 있었을까요? 아, 참 어린 나이가 아니죠. 삼만 살이니……

지안은 언제 윤회를 확신했을까요? 그 나이에 끔찍한 살인(정당방위로 무죄판결을 받았지만)을 겪고 또 다시 자기가 죽인 그 악독한 사채업자의 아들 광일에게 괴롭힘을 당합니다. 그런데 광일은 어릴 때 자기 아버지가 지안과 할머니에게 행패를 부릴 때 지안을 도와주었습니다.

광일은 지안의 불법 도청프로그램 녹음 파일을 빼돌려 듣는 중입니다.

지안   착했던 애에요. 나한테 잘해줬었고.
        걔네 아버지가 나 때리면 말리다가 대신 맞고
        그땐 눈빛이 지금 같지 않았어요.
        걘 날 좋아했던 기억에 괴롭고, 난 걔가 착했던 기억
        때문에 괴롭고.
동훈   어른 하나 잘못 만나서 둘 다 고생이다.

〈나의 아저씨〉 15화

이런 얽힐 대로 얽힌 생의 악연을 어떻게 설명할 수 있을까요? 지안과 광일이 그런 집에 태어나 그런 부모를 만난 건 단순히 그들의 운이었을까요? 아님 절대자, 신의 뜻이었을까요?

이 모든 악연이 복불복이고 우연이라면 인생이 너무 불합리하다는 생각이 들지 않나요? 여러분이 태어났더니 드라마 속의 지안이나 광일이었다면 어땠을까요? 요즘말로 '이생망'(이번 생은 망했다)입니다.

이번 생의 책임을 나에게 물을 수 있으려면, 더 나아가 선업

164

善業을 지어 새로운 생으로 나아갈 수 있으려면 윤회를 인정해야 하지 않을까요?

윤회를 인정하지 않고는 삶의 도덕성의 근거를 확보하기가 힘듭니다. 왜냐하면, 우리에게 선업善業에 대한 요구를 할 수 없기 때문입니다.

나 이제 다시 태어나도 괜찮아요

업業과 윤회輪廻를 인정하지 않고는 대승보살의 길을 설명하긴 쉽지 않습니다. 보살의 길(道)은 '내가 지은 업은 내가 받는다', 그리고 '이번 생이 끝이 아니다'는 것을 전제해야 합니다. 그래야만 끝없는 보살의 길을 갈 수 있지 않겠습니까?

지안과 광일은 전생에서 어떤 인연이었을까요? 우리에겐 부처님과 같은 숙명통(宿命通: 모든 중생들의 전생, 금생, 후생의 일을 다 알 수 있는 능력)이 없으니 알 수 없습니다. 방법이 있다면 현재의 지안과 광일의 삶으로 미루어 짐작할 수밖에 없습니다.

어쩌면 우리는 굳이 전생을 알 필요가 없는지도 모릅니다. 전생을 모르고 태어나는 게 자연스러운 것이고 당연한 것입니다. '지금 여기'에 전생前生과 후생後生이 있습니다. 보살은 '지금', '여기에서' 보살행을 할 뿐입니다. 그게 업을 극복하는 방법입니다.

"착했던 애예요.", "그땐 눈빛이 지금 같지 않았어요."란 녹음파일 속 지안의 목소릴 듣던 광일의 눈에 눈물이 맺힙니다. 광일이 회광반조廻光返照*하는 순간입니다. 빛을 돌려 자신을 한 번 보는 겁니다.

그 뒤에 도준영 대표를 협박해 돈을 뜯어내려고 훔친 녹음파일을 동훈에게 전달함으로써 지안을 구하는 데 중요한 증거자료로 쓰입니다. 악업의 인과 속에서도 광일은 이번 생에 자신의 선택으로 작은 선업 하나를 지은 겁니다. 그 업의 결과는 이번 생, 아님 다음 생에 받겠죠.

윤회 이야기를 더 이어가 보죠. 지안은 사채를 갚기 위해 도준영 대표에게 돈을 받고 저지른 범법행위가 알려지자 경찰의 추적을 피해 회사를 떠납니다. 불법도청을 통해 알게 된 동훈의 아내 윤희와 도준영 대표의 불륜 사실이 회사에 알려져 받게 될 피해로부터 동훈을 보호하려는 목적도 있습니다. 후

---

* 회광반조廻光返照: 밖으로만 나가던 빛을 되돌려 자기 자신에게 비추는 것. 선종에서는 자신의 내면세계를 돌이켜 반성하여 진실한 자신, 불성佛性을 발견하는 것을 의미한다.

계동을 떠나면서 마지막으로 동훈에게 전화를 겁니다.

동훈　쎈 줄 알았는데, 그런 거에 끄떡없을 줄 알았는데.

지안　지겨워서요. 나 보면서 신나할 인간들.

동훈　미안하다.

지안　아저씨가 왜요? 처음이었는데, 네 번 이상 잘해준 사람. 나같은 사람. 내가 좋아하는 사람.
나 이제 다시 태어나도 상관없어요. 또 태어날 수 있어 괜찮아요.
우연히 만나면 반갑게 인사하는 건가?

동훈　응, 할머니 돌아가시면 전화해, 전화해 꼭.

지안　끊을게요.

〈나의 아저씨〉 14화

이 드라마에서 가장 멋진 대목입니다. 제 마음대로 '대승보살'이란 필터를 끼고 본 「나의 아저씨」의 결론이기도 합니다. 너무도 멋진 결론이고, 그래서 「나의 아저씨」는 대승입니다.

"나 이제 다시 태어나도 상관없어요.
또 태어날 수 있어 괜찮아요."

지안의 이 대사 하나에 꽂혀 이 글을 쓰게 되었습니다. 지안의 이 대사를 처음 들었을 때 전율했습니다. 지안은 앞서서 "봄도 싫고 여름 가을 겨울 다 싫어요. 지겨워. 맨날 똑같은 계절 반복해가면서."라고 얘기했었거든요.

삼만 살쯤은 먹어야, 오백 번 정도는 태어나야 이렇게 당당한 결론에 도달할 수 있을 거라고 생각합니다.

우린 이번 생이 몇 번째일까요?

"나 이제 다시 태어나도 상관없어요." "또 태어날 수 있어 괜찮아요."

이렇게 선언하는 것이 대승보살이 윤회로부터 벗어나는 방법입니다. 따라서 보살은 윤회를 두려워하지 않습니다.

무주無住

대승에서는 윤회를 벗어난 해탈, 열반 같은 건 없습니다. 없다기보다는 '추구하지 않는다'고 하는 것이 보다 맞는 표현일 수 있겠네요. 그래서 무주無住입니다. 머무르지 않습니다. 머무를 수 없습니다.

대승의 열반은 무주열반無住涅槃입니다. 윤회를 벗어나 열반에 머무르지 않습니다. 열반에 안주하지 않습니다. 무주無住입니다.

대승보살의 가장 큰 허물은 윤회를 벗어나려 하는 것, 윤회를 두려워하는 것이라고까지 말합니다.

그런데 지안과 달리 동훈이 윤회를 보는 시각은 부정적입니다. 한 번 볼까요.

김대리 우리 부장님 오늘따라 왜 이리 센티해.
　　　　 뭐 경직된 인간이 불쌍하네, 어쩌네.
　　　　 아니 그래서 뭐 어디에 태어나고 싶은데요?
동훈　　 안 태어날 거다 새끼야.
송과장 너무 단호하게 말씀하시는 거 아닙니까?
　　　　 다시 태어날 수도 있는 거죠.

〈나의 아저씨〉 4화

기훈　　 이 미친 그랜드캐넌을 다음 생에 두고 봐 씨.
동훈　　 **넌 또 태어나고 싶냐?**

〈나의 아저씨〉 6화

"다음 생에 두고 봐."라고 하는 동생한테 "넌 또 태어나고 싫냐?"고, 역시 다시 태어나는 것에 부정적입니다.

동훈은 이렇듯 윤회를 말할 때마다 '제발 그만 좀 떠나자'고 말합니다. 그랬던 동훈이 지안으로부터 '다시 태어나도 괜찮다'는 말을 들었을 때 기분이 어땠을까요?

그런데 중요한 건 지안이 '다시 태어나도 괜찮다'고 윤회를 긍정하는 대승으로 나올 수 있도록 이끌어 준 게 동훈이라는 점입니다. 이건 어떻게 이해할 수 있을까요?

대승보살은 중생구제를 위해서는 어떠한 모습으로도 태어날 수 있다고 합니다. 방편方便이라고 하죠. 중생을 제도하기 위해 필요하다면 이교異敎의 모습으로도 올 수 있다는 게 대승의 적극적인 해석입니다. 윤회에 대한 동훈의 혐오는 방편이었다고 해석할 수 있을까요?

"나 이제 다시 태어나도 상관없어요. 또 태어날 수 있어 괜찮아요."라는 지안의 말을 듣고 동훈은 윤회에 대한 새로운 깨달음을 얻지 않았을까요.

마음이 가난한 자(虛心的人)

지안은 극의 후반부에 '정희네' 이층 방에서 잠깐 머뭅니다.

이때 지안이 정희에게 말합니다.

지안   다시 태어나면 이 동네에서 태어나고 싶어요.
정희   그래, 우리 다음 생에 또 보자. 생각만 해도 좋다.

〈나의 아저씨〉 15화

지안이 윤회를 긍정할 뿐 아니라 이젠 스스로 자신이 태어날 동네를 선택하겠다고 합니다. 그런데 지안은 왜 후계동에 다시 태어나고 싶다고 하는 걸까요?

지안을 품어주어 편안함에 이르게 해준 '후계동'을 어떻게 설명할 수 있을까? 고민하다가 성경구절이 떠올랐습니다.

'마음이 가난한 자는 복이 있나니 천국이 저희 것임이요.' (Blessdd are the poor in spirit for theirs is the kingdom of heaven. Matthew 5:3)라는 구절입니다.

지안 할머니 장례식장에 온 춘대 할아버지(어린 지안을 거두어준 분으로 삼안E&C에서 청소 일을 함)는 상주 지안과 맞절을 하곤 말을 잇지 못합니다. 그러다 후계동 사람들이 가득 메우고 있는 장례식장을 둘러보곤 한마디 합니다.

"복 있으시다. 할머니가 복 있으셔."

처음 들었을 때 '딱 들어맞는 말'이라고 느꼈던 대사입니다.

참 여운이 남는 말입니다. 고인에게 하는 말이지만 후계동이 복 있는 사람들이 사는 동네란 말로도 들립니다.

도올 김용옥은 중국인들이 '마음이 가난한 자'를 허심적인 虛心的人으로 통찰 있게 번역을 했다고 합니다.* 그리고 허심虛心은 무아無我와 대승불교의 핵심 개념 가운데 하나인 공空과 일맥상통한다고 합니다.

허심虛心의 사람들이 사는 동네, 제 식으로 표현하면 보살들이 살고 있는 동네인 거죠. 그리고 동훈이 살고 있는 곳, 지안은 이곳에 다시 태어나고 싶다고 합니다.

「나의 아저씨」를 한 편의 아름다운 '마을 판타지'라고 표현한 글을 보았는데 100% 공감합니다.

음악가 류이치 사카모토도 「나의 아저씨」 대본집에 실린 추천의 글에서 이렇게 쓰고 있네요.

---

* '마음이 가난하다는 것은 "내세울 나"가 없다는 것이다. 곤궁하고 가난하고 찌들리어 핍박을 받지마는, 그러기에 마음이 비어져버렸다는 것이다. (……) 진정으로 복을 받을 수 있는 자는 마음이 가난한 자요. 아상 인상 중생상 수자상이 없는 자인 것이다. 그들이야말로 애통해 할 수 있고, 그들이야말로 온유할 수 있고, 그들이야말로 의로움에 주리고 목마를 수 있는 것이다. 그리고 그 마음이 청결하고 화평할 수 있는 것이다.(『도올 김용옥의 금강경 강해』, 통나무, 1999, p.143)

이 드라마에서 좀처럼 잊히지 않는 것이 있다면, 바로 동훈과 형제들이 사는 동네의 따뜻함이다. 이 또한 우리 모두가 동경하지만 현실에서는 찾아볼 수 없는 것, 이것들이 아주 현실적으로 그려져 있다는 점은 상당히 아이러니하다. 아주 가까이 있을 것 같지만 손에 닿지 않는 현실. 판타지.

그렇다. 이 드라마는 어른을 위한 판타지다. 대본을 읽는 독자라면 누구나 후계동 정희네에서 함께 어울리고 싶다는 생각이 들 것이다.

_ 박해영, 『나의 아저씨』1(세계사컨텐츠 그룹, 2022), p.6

지안은 그 후계동에 다시 태어나겠다고 선언합니다. 다음 생에 내가 태어날 곳을 결정한다. 이거 보통 도인道人의 급수는 아닙니다. 역시나 3만 살쯤은 되어야……

그런데 누구에겐 다음 생에 다시 태어나고 싶은 곳이지만 또 다른 누군가에게는 너무도 싫은 곳이기도 합니다. 인생의 아이러니라고나 할까요.

"난 이 동네가 싫어. 당신 주위에 바글거리는 사람도 다 싫어. 너무 억울한 게, 사람들은 모른다는 거. 당신이 옆에 있는 사람을 얼마나 외롭게 하는지," 동훈의 아내 윤희의 얘기입니다. 결국 윤희는 후계동을 떠납니다. 유학 중인 아들 곁으로

갑니다. 드라마 결말에 이르러 지안이 윤희에게 묻는 장면이
있습니다.

> 지안   왜 바람피웠어요? 그냥 궁금해서요.
>
> 아저씨 같은 남자를 두고 왜?
>
> 윤희   백 가지 천 가지 이유를 댈 수도 있어.
>
> 그중에 진짜 이유가 있는진 모르겠지만.
>
> 〈나의 아저씨〉 16화

어쩌면 모호한 듯하고 핑계로 보이는 윤희의 말이 사실일
지도 모르겠습니다. 이렇듯 사람의 마음이란 것이 단순하지
가 않습니다.

윤희도 마지막에 보살도를 행합니다. 변호사로서 지안의
범법행위와 관련된 문제 해결을 위해 노력합니다.

마음이 어디 논리대로 가나요?

다시, 드라마 속으로 들어가 보시죠. 회사 청소 일을 하는 춘
대 아저씨와 동훈의 대화입니다.

춘대   지안이 어려서 걔 엄마가 여기저기서 돈을 무지 끌
        어다 쓰고 도망쳤어요. 듣지도 못하는 노인네랑 어린
        거 둘이 맨날 빚쟁이들한테 들들 볶이고, 에미는 죽
        었는지 살았는지 연락도 없고, 그래도 딸내미 졸업식
        엔 오겠지. 할머니도 다쳐서 못 움직이는데, 올 사람
        없는 거 아니까 오겠지, 그 생각으로 빚쟁이들이 다
        졸업식에 몰려갔었는데…
        안 왔어요. 아무도…

이렇게 혼자 있게 된 지안을 건사하게 된 춘대 어르신입니
다. 거두게 된 이유를 이렇게 말합니다.

"차마 발길이 떨어지지 않았어요."

연민의 마음입니다. 춘대 어르신 또한 보살입니다. '마음이
어디 논리대로 가나요?' 라는 마음의 비밀까지 깨달은 도인이
구요.

춘대   부장님 돈을 훔치려고 했던 건 사실이지만, 사실이
        뭐였는지 중요한가요. 내가 지안이를 건사하게 된 거

나, 사실에 비추면 다 말이 안 되죠.

마음이 어디 논리대로 가나요…

동훈   존경합니다. 어르신.

〈나의 아저씨〉 9화

"존경합니다. 어르신." 하고 깊이 고개 숙여 인사하는 동훈의 모습도 멋집니다. 도인이 도인을 알아보는 장면이라고나 할까요.

동훈도 "인간은 다 뒤에서 욕해. 친하다고 뭐 욕 안 하는지 알아? 인간이 그렇게 한 겹이야?" 라고 말한 적이 있죠. 인간의 마음이란 게 참 알기 어렵습니다.

어쩌면 우리가 윤회를 하는 이유도 인간의 몸을 가지고 세상에 나와 이 '마음'을 경험하기 위해서인지도 모르겠습니다. '논리대로만 가지 않는 마음', '몇 겹인지 알 수 없는 마음' 말입니다. 그래서 보살은 윤회를 거부하지 않고 이 마음을 경험하기 위해 기꺼이 이 세상으로 또다시 오는 겁니다.

윤회와 관련해서 동훈의 형 상훈 또한 기꺼이 다음 생에 태어날 수 있다고 말하는 장면입니다. 삼형제가 포장마차에서 대화를 나누는 씬입니다.

동훈	이번 생에 만난 인간들은 이번 생에 다 까부수고
	제발 그만 좀 떠나자.
상훈	그만 태어나기는 또 좀 아쉽지.
기훈	뭐가 아쉬워.
상훈	안 태어나면 뭐해. 심심하게.

〈나의 아저씨〉 6화

'동훈의 형. 가장 먼저 중년의 위기를 맞은 맏형. 22년 다닌 회사에서 잘리고, 장사 두 번 말아먹어 신용불량자 되고, 여기저기 몸 성한 데도 없는데다 매일 이혼 서류에 도장 찍으라고 악악대는 아내까지. 인생 초고속 내리막길. 그래도 여유와 웃음을 잃지 않는다.' 「나의 아저씨」 공식 홈페이지의 인물소개입니다.

이런 상훈이 "그만 태어나기는 아쉽지.", "안 태어나면 뭐해, 심심하게."라고 말합니다.

기훈	형은 재미있어? 인생이.
상훈	재미는 있어. 돈이 없어 그렇지.
기훈	형 잘 생각해봐. 돈 말고도 없는 거 많잖아.

〈나의 아저씨〉 6화

그렇습니다. 돈도 없고, 돈 말고도 없는 게 많긴 해도 "재미는 있다."고 말하는 상훈처럼 이번 생은 물론이고 이어지는 다음 생을 두려워하지 않는 게 보살입니다. 이런 점에서 상훈 또한 보살의 자질을 갖추고 있는 셈이죠. 상훈보살의 멋진 보시 장면이 「나의 아저씨」의 마지막을 장식합니다.

꽃으로 장엄하다, 화엄華嚴

지안의 할머니가 돌아가시자 동훈 삼형제가 발 벗고 나서서 장례준비를 합니다. 후계동 사람들이 하나 둘 장례식장으로 모여듭니다.

「나의 아저씨」가 한 편의 마을 판타지라고 했는데 그 결정판이 바로 이 장례식 장면입니다.

지안   왜 이렇게 잘해줘요.
        엄청나게 잘해주고 나서, 자 이제 그만, 그럴려구 그
        러시나.
동훈   아휴, 말. 참……
        내가 한 거 아냐. 형이 한 거야.

그냥 둬. 저 인간 착한 짓 안 했어서 좀 해도 돼.

들어가. 할머니 혼자 계시잖아.

지안   할머니 돌아가시면 연락하라고 했던 말 진짜 든든했
      어요.

〈나의 아저씨〉 16화

박해영 작가는 가장 기억에 남는 대사 가운데 하나로 "할머
니 돌아가시면 전화해."를 꼽았습니다.

"할머니 돌아가시면 전화해."라는 박동훈의 대사를 쓰고 갑
자기 왁 울음이 터졌습니다. 대본 쓰면서 슬픈 장면에서 훌
쩍이는 것은 많은 작가에게 있는 일이겠으나, 그렇게 소리
내어 울었던 적은 처음이라 당황했습니다. 삼십 분을 울면
서 거실을 서성이다가 다시 컴퓨터 앞에 앉았는데 그 대사
를 보고 또 울음이 나서 일어났습니다. 의아한 경험이라 기
억에 남습니다.

_ 박해영, 『나의 아저씨』 2(세계사컨텐츠 그룹, 2022), p.390

전 지안이 영안실에서 할머니와 마지막으로 이별하는 장면
에서 많이 울었던 기억이 납니다. 두려움과 떨림, 슬픔으로 돌

아가신 할머니에게 쉽게 다가가지 못하는 지안을 "괜찮아, 괜찮아." 다독이며 할머니에게 밀어주는 동훈의 모습이야말로 '어른'입니다. 어른….

여기서도 지안은 이렇게 말하죠. 다음 생에 다시 만나자고.

> 지안   할머니. (수화) 나 할머니 있어서 행복했어. 고마워.
> 나 만나줘서 고마워.
> 내 할머니 돼줘서 고마워. 또 만나자. 응? 우리 또 만나자.
>
> 〈나의 아저씨〉 16화

지안이 왜 '다시 태어나면 후계동에 태어나고 싶다'고 했는지 이 장례식장 장면을 보면 알 수 있기도 합니다.

저는 『화엄경』이 그리고 있는 '화엄'의 세계가 떠올랐습니다. 이건 좀 비약이 심한가요? 화華는 꽃이란 뜻이고 엄嚴은 '장엄하다'라는 뜻입니다. 즉 화엄이란 이 세상을 꽃으로 장엄한다는 것입니다. 내 마음을 밝혀서 피우는 꽃. 우리들 각자가 그 꽃이 되어 이 세상을 아름다운 세상으로 장엄하자는 것입니다.

장례식장의 하얀 국화꽃도 그러하고, 장례식장 주차장에서 축구하는 후계동 조기축구회원들도 그러하고, 그냥 '화엄'의

세계가 아닌가 하는 생각을 해 보았습니다. 그 화엄세계를 만든 건 '마음'이죠. 이 드라마에 처음부터 등장해서 저를 놀라게 했던 그 '마음' 말입니다. 천국도, 지옥도, 윤회도, 보살도, 화엄도 마음입니다.

지안 할머니 발인 날 상훈이 하는 말입니다.

상훈   고맙습니다. 덕분에 내 인생의 가장 기똥찬 순간 박아 넣었습니다.

동훈   남의 장례식 가지고 왜.

상훈   죄송합니다.

지안   아니에요. 저한테도 기똥찬 순간이었어요.
       진짜로 꼭 갚을게요.

제철   뭘 갚아요, 인생 그렇게 깔끔하게 사는 거 아니에요.

〈나의 아저씨〉 16화

상훈이 장판 밑에 꼬불쳐 두었던 오만 원 권을 모두 털어 지안 할머니 장례식에 쓴 겁니다.

"우리 삼형제 똑같이 블랙 슈트 맞춰 입고, 검은 라이방 끼고, 비싼 차 몰고 비싼 호텔에 묵으면서 홍콩 영화 주인공 같은 2박 3일!" 폼 나게 휴가를 보내겠다는 꿈을 꾸며 모아왔던 돈입니다. 그 돈으로 지안 할머니의 쓸쓸한 장례식장을 새하얀 국화(華)로 장엄(嚴)한 겁니다. 보살의 마음으로 장엄한 겁니다.

그리고 "꼭 갚을게요."란 지안의 말에 "인생 그렇게 깔끔하게 사는 거 아니에요."라는 제철 아저씨의 말도 참 울림이 있는 말입니다.

오십 평생을 먹고 싸고, 먹고 싸고, 먹고 싼 기억밖에 없다고 한탄했던 상훈입니다. 그래서 자신의 보시로 치른 장례식을 인생의 가장 기똥찬 순간이라고 말하는 것입니다. 지안 역시 기똥찬 순간이었다고 받아주네요.

보살의 보시布施는 무주상無住相보시 – 내가 보시했다는 마음마저 내지 않는, 성경 말씀대로 오른손이 한 일을 왼손이 모르게 하는– 여야 한다고 합니다. 무주상 보시는 『금강경』의 가장 큰 주제 가운데 하나입니다.

'기똥찬 순간 박았다'라고 신나서 말하는 상훈의 보시는 무주상보시無住相布施와는 조금 멀어진 듯 보입니다. 하지만 상훈 또한 보시의 마음을 낸 것입니다. '지금 이 순간' 결정하고 실천했습니다.

상훈의 보시를 돈 많은 아저씨보살 유마의 보시와 비교한다면 어떨까요? 상훈은 돈을 어떻게 벌었습니까? 갑질하는 사장한테 무릎을 꿇는 수모와, 빌라계단의 오물을 치우는 험한 일을 하면서 번 돈입니다. 그 돈을 기꺼이 낸 것입니다. 보시의 필수 요건이 돈의 많고 적음이 아님을 알 수 있는 대목입니다. 상훈 삼형제와 후계동 이웃들이 아니었더라면, 지안 할머니의 장례식장은 어떠했을까를 상상해보면 충분합니다.

상훈의 '안 태어나면 뭐해, 심심하게' 그리고 지안의 '다시 태어날 수 있어 괜찮아요.', 이 두 마디는 바로 대승보살의 길(道)을 보여준 말입니다. 보살은 생사윤회를 두려워하지 않습니다. 윤회를 기꺼이 선택합니다. 그것이 보살이 윤회를 벗어나는 법입니다.

생사윤회 속에 있으면서도 염오의 업행(汚行)을 일으키지 않고, 열반에 머물러 있어도 영원히 멸도滅度하지 않는 것, 이것이 보살행입니다.(在於生死不爲汚行, 在於涅槃不永滅度, 是菩薩行.)

_ 남회근 지음, 송찬문 번역,『유마경 강의』(마하연, 2016), p.720

"아무것도 아니야."

보살의 말, 애어愛語

보살이 중생을 제도하고 섭수(攝受: 자비로운 마음으로 모든 중생을 살펴 보호함)하기 위하여 행하는 네 가지 기본 행위를 사섭법四攝法*이라고 합니다. 보시섭·애어섭·이행섭·동사섭이

---

*   사섭사四攝事, 또는 사섭四攝이라고도 한다. 보시섭布施攝·애어섭愛語攝·이행섭利行攝·동사섭同事攝을 말한다. 보시섭은 중생이 재물을 구하거나 진리를 구할 때 힘닿는 대로 베풀어 주어서 중생으로 하여금 친애하는 마음을 가지게 하여 중생을 교화하는 것이다. 애어섭은 중생을 불교의 진리 속으로 들어오게 하기 위하여 여러 사람들에게 듣기 좋은 말을 하여 친애하는 정을 일으키게 하는 것으로, 보살은 온화한 얼굴과 부드러운 말로 중생을 대한다. 이행섭은 몸과 말

그것입니다. 여기서도 보시가 제일 먼저 옵니다. 육바라밀의 처음도 보시였습니다. 같은 맥락입니다. 보살의 시선은 이웃을 향해 있다는……

사섭법 가운데 애어愛語가 들어 있습니다. 보살은 말로써 길(道)을 안내하고 중생을 살피고 보호합니다.

아무리 도가 불립문자不立文字, 이심전심以心傳心이라고 해도 말을 해야 합니다. 말을 어떻게 해야 할까요? 중생을 살리는 말을 해야 합니다. 이 중생을 살리는 말이 애어愛語입니다.

「나의 아저씨」가 보살의 노래라면 보살의 말, 애어가 얼마나 많을까요? 애어의 보물창고가 아닐까 하는데, 함께 찾아보시죠.

많은 '애어' 가운데 단 하나를 뽑으라면 단연코 '아무것도

___

과 생각으로 중생들을 위하여 이익되고 보람된 선행善行을 베풀어서 그들로 하여금 도에 들어가게 하는 것이다. 동사섭은 보살이 중생과 일심동체가 되어 고락을 함께하고 화복을 같이하면서 그들을 깨우치고 올바른 길로 인도하는 적극적인 실천행이다. 이 동사섭은 보살의 동체대비심同體大悲心에 근거를 둔 것으로, 함께 일하고 함께 생활하는 가운데 그들을 자연스럽게 교화하는 것이다. 이와 같은 동사섭은 사섭법 가운데 가장 지고한 행이다. 보시·애어·이행은 처해진 환경에 따라서 얼마든지 실천할 수 있는 것이지만 동사섭은 쉽게 이루어지지 않는다. (한국민족문화대백과사전)

아니다'입니다. 제가 찾은 '아무것도 아니다'는 모두 여섯 개인데요, 꼼꼼하게 찾으면 더 찾을 수 있을 겁니다.

'아무것도 아니야'는 「나의 아저씨」가 우리들에게 꼭 하고 싶었던 말 가운데 하나였나 봅니다. 그러니 이렇게 많이 등장하는 거겠죠.

첫 번째 '아무것도 아니야'는 동훈이 지안에게 건네는 '아무것도 아니야'입니다.

동훈은 지안에게 할머니를 요양원에 무료로 모실 수 있는 방법을 일러 줍니다. 동훈과 지안이 함께 할머니를 모셔다 드리고 난 후 버스 타러 나오는 길에 나누는 대화입니다.

> 동훈   이제 너도 좀 편하게 살아. 하고 싶은 거 하고, 먹고 싶은 거 먹고.
> 회사 사람들하고도 좀 같이 어울리고, 친해둬서 나쁠 거 없어.
>
> 지안   사람 죽인 거 알고도 친할 사람 있을까?
> 멋모르고 친했던 사람들도 내가 어떤 애인지 알고 나면 갈등하는 눈빛이 보이던데. 어떻게 멀어져야 되나…

동훈　네가 대수롭지 않게 받아들이면 남들도 대수롭지 않
　　　게 생각해. 네가 심각하게 받아들이면 남들도 심각하
　　　게 생각하고, 모든 일이 그래. 항상 네가 먼저야.
　　　옛날 일 **아무것도 아니야.** 네가 아무것도 아니라고
　　　생각하면 **아무것도 아니야.**

〈나의 아저씨〉 10화

　할머니도 이제 시설 좋은 요양원에 모셨으니 앞으론 좀 편
하게 살라고 합니다. 그리고 회사사람들과도 어울리라는 동
훈의 말에 지안은 자신의 치부를 드러내는 말을 합니다. 소위
트라우마 같은 거죠. 살인을 한 걸 알고 난 후에도 나와 친할
사람이 있겠느냐고?
　동훈은 "옛날 일 아무것도 아니야. 네가 아무것도 아니라고
생각하면 아무것도 아니야."라고 말해줍니다.
　지안은 자신이 무죄를 받은 것과는 별도로 '살인을 했다'라
는 마음의 감옥에 살고 있었는지도 모릅니다. 그 감옥으로부
터 나올 수 있도록 도와주는 말이 '아무것도 아니야'란 말입니
다. 이 아무것도 아니야 앞에 단서가 있습니다. 이 말이 더 중
요한 보살의 애어愛語 같습니다.

'모든 일이 그래. 항상 네가 먼저야.'
'네가 아무것도 아니라고 생각하면'

아무것도 아닌 편안함에 이르려면 내가 먼저입니다. 내가 주인공이란 거죠.

그리고 이 말의 다른 측면은, 동훈이 지안을 파견직 여직원이 아닌 삶의 한 주체로서 인정해주고 있다는 점입니다. 지안이 이 말에 더 이상 토를 달지 않고 받아들이는 태도 또한 자신을 주체로 인정해주고 있음을 잘 알기 때문입니다. 이 말을 듣기 이전에 지안은 도청을 통해서 동훈이 대부업체를 찾아가 광일과 한판 붙으면서 한 말을 들었기 때문이기도 합니다.

광일   그년이 죽였다구. 우리 아버지 그년이 죽였다구.
동훈   나 같아도 죽여.
　　　 내 식구 패는 새끼들은 다 죽여.

〈나의 아저씨〉 9화

도청을 통해 동훈의 이야기를 듣고 지안은 오열합니다. 동훈에 대한 믿음과 공감이 생기는 결정적 순간입니다. 이런 공감이 없었다면 '아무것도 아니야'라는 동훈의 말에 지안은 어

쩌면 "당신 일 아니라고, 그렇게 쉽게 말하지 마."라고 했을지
도 모릅니다. 동훈과의 공감이 있었기에 '아무것도 아니야'가
힘을 가지는 것이죠.

두 번째 '아무것도 아니야'는 겸덕이 동훈에게 해주는 애어
섭입니다.

겸덕   상훈이형하고 기훈이 별 사고를 다 쳐도 어머니 두
       사람 때문에 마음 아파하시는 거 못봤다. 그놈의 새
       끼들 어쩌구저쩌구 매일 욕하셔도 마음 아파하시는
       거 못봤어.
       별 탈 없이 잘 살고 있는 너 때문에 매일 마음 졸이시
       지 상훈이형이나 기훈이는 뭐 뭐 어떻게 망가져도 눈
       치 없이 뻔뻔하게 잘 살 걸 아시니까.
       뻔뻔하게 너만 생각해. 그래도 돼.
       (……)
       동훈아. (동훈을 뒤에서 끌어안고)
동훈   미친, 절루 안 가?
겸덕   행복하자 친구야.
동훈   아, 이거 놓으라니까.

겸덕   **아무것도 아니다. 아무것도 아니야.**

〈나의 아저씨〉 11화

겸덕의 "아무것도 아니다."라는 애어에도 "너부터 행복해라.", "뻔뻔하게 너만 생각해. 그래도 돼."라는 말이 먼저 나옵니다.

세 번째 '아무것도 아니다'입니다.

윤희의 불륜 사실을 알게 된 삼형제가 후계동을 멀리 벗어난 식당에서 변변치 않은 안주를 놓고 대화를 합니다. 그 끝에 동훈이 하는 말입니다.

동훈   아버지가 맨날 하던 말, **아무것도 아니다. 아무것도 아니다.**

그 말을 나한테 해 줄 사람이 없어.

그래서 내가 나한테 해. **아무것도 아니다. 아무것도 아니다.**

〈나의 아저씨〉 13화

도청 앱을 통해 지안도 듣고 있습니다. 자신에게 해주었던

"옛날 일 아무것도 아니야. 네가 아무것도 아니라고 생각하면 아무것도 아니야."란 말을 떠올립니다.

'아무것도 아니다'는 동훈이 돌아가신 아버지로부터 들었던 위로의 말이었습니다. 아버지께 듣고 배웠던 '아무것도 아니다'를 지안에게 해주었던 겁니다.

네 번째 '아무것도 아니다'는 지안이 동훈에게 해줍니다.

형수의, 제수씨의 불륜을 알고 타올랐던 형제의 분노가, '아무것도 아니다'를 이젠 "내가 나한테 해."라는 동훈의 말을 듣고, 울음으로 바뀝니다. 형도 울고 동생도 울고 이렇게 다 큰 아저씨 셋이 실컷 울고 난 후 후계동으로 돌아오는 택시 안에서 지안으로부터 문자를 받습니다.

지안 내일 인터뷰 잘 하세요. **아무것도 아니에요.**

동훈 고맙다! (동훈에게 독백이지만 지안은 도청으로 듣고 있다)

기훈 그러면 들리냐? 문자해, 고맙다고. 왜 내외해?

〈나의 아저씨〉13화

삼형제가 동네로 돌아와 집으로 걸어가면서 나누는 대화입니다.

> 동훈 죽고 싶은 와중에, '죽지 마라, 당신은 괜찮은 사람이
> 다, 파이팅해라.' 그렇게 응원해주는 사람이 있다는
> 것만으로… 숨이 쉬어져.
> 이런 말을 누구한테 해? 어떻게 볼지 뻔히 아는데.
>
> 기훈 뭐 그렇다고, 고맙다는 말도 못해? 죽지 않고 버티
> 게 해주는데, 고맙다는 말도 못해? 해. 해도 돼. 그 정
> 도는.
>
> 동훈 고맙다. 옆에 있어줘서.
>
> 〈나의 아저씨〉 13화

이 대화에는 보살의 또 다른 애어가 나옵니다. "괜찮은 사
람이다.", "파이팅해라.", "고맙다." 이 모든 말이 보살의 애어
입니다. 「나의 아저씨」 속 보살의 말 '애어'를 찾아보는 것도
드라마를 즐기는 또 하나의 방법입니다.

다섯 번째 '아무것도 아니다'는 일종의 깨달음의 고백 같은
겁니다. 기훈 감독과 찍은 영화가 엎어진 후 연기 트라우마에
시달리는 배우 최유라인데요. 그녀가 깨달은 '아무것도 아니

다'를 들어보시죠.

유라　인간은요, 평생을 망가질까봐 두려워하면서 살아요.
　　　전 그랬던 거 같아요.
　　　처음엔 감독님이 망해서 정말 좋았는데, 망한 감독님
　　　이 아무렇지 않아 보여서 더 좋았어요. 망해도 괜찮
　　　구나. **아무것도 아니었구나.**
　　　망가져도 행복할 수 있구나. 안심이 됐어요.
　　　이 동네도 망가진 거 같고, 사람들도 다 망가진 거 같
　　　은데 전혀 불행해 보이지가 않아요. 절대로.
　　　그래서 좋아요. 날 안심시켜 줘서.
권식　그랬었군요.

〈나의 아저씨〉 7화

　　유라의 "아무것도 아니었구나."는 그녀가 술과 연기 트라우
마로부터 자유로워질 수 있는 마법의 주문 같은 겁니다. 깨달
음이 이래서 중요합니다.
　　'아무것도 아니야'는 어떤 힘이 있는 걸까요? 어떤 힘이 있
어 사람을 안심시켜 주는 걸까요? 아무것도 아니다를 다르게
표현하면 '괜찮아', '괜찮다'입니다.

196

'아무것도 아니야', '괜찮아'는 두 가지를 날려 보내는 힘이 있습니다. 바로 두려움과 결핍감입니다.

앞에서 '몰라'(only don't know)라는 명상을 통해 '진짜 나', '참나'를 만날 수 있었습니다. '아무것도 아니야!', '괜찮아!'도 마찬가지입니다. 에고는 늘 두려움과 결핍감에 시달립니다. 지안은 자신이 살인자라는 트라우마로 주위와 어울리지 못하고 주변 사람들의 시선이 두렵습니다. 그때 '아무것도 아니야', '괜찮아'라고 하면 두려움을 잠재울 수 있습니다. '아무것도 아니야', '괜찮아'도 하나의 명상법입니다. '진짜 나'를 만날 수 있는 주문과 같은 것입니다.

마지막 여섯 번째 '아무것도 아니야'는 동훈이 지안에게 해주는 말입니다. 지안은 피의자로 경찰의 추적을 피해 도망을 다닙니다. 몸이 아프게 된 지안은 자신을 거두어준 춘대 아저씨를 찾아가고, 아저씨의 연락을 받고 달려온 동훈과 마주합니다.

지안   사람만 죽인 줄 알았지? 별 짓 다했지. 더 할 수 있었는데… 그러니까 누가 네 번 이상 잘해주래, 바보 같이.

아무한테나 잘해주고 그러니까 당하고 살지.

동훈 고맙다, 고마워. 그지 같은 내 인생 다 듣고도 내편
      들어줘서 고마워, 고마워. 나 이제 죽었다 깨어나도
      행복해야겠다.
      너, 나 불쌍해서 마음 아파하는 꼴 못보겠고!
      난 그런 너 불쌍해서 못살겠다.
      너처럼 어린애가 어떻게 나 같은 어른이 불쌍해서…
      나 그거 마음 아파서 못살겠다.
      내가 행복하게 사는 걸 보여주지 못하면 넌 계속 나
      때문에 마음 아파할 거고, 나 때문에 마음 아파하는
      널 생각하면 나도 마음 아파 못살겠고, 그러니까 봐
      봐. 내가 어떻게 행복하게 사는지 꼭 봐, 다. **아무것도
      아니야.** 쪽 팔린 거, 인생 망가졌다고 사람들 수군거
      리는 거, **다 아무것도 아니야. 행복하게 살 수 있어.**
      나 안 망가져. 행복할 거야. 행복할게.
지안 아저씨가 정말 행복했으면 했어요.
동훈 어 행복할게.

〈나의 아저씨〉 15화

이렇게 여섯 개의 '아무것도 아니다'를 만나 보았는데요. 애

어의 다른 측면도 볼 수 있어야 합니다. 이 사랑의 말은 듣기
좋은 말만을 뜻하는 건 아닐 겁니다. 쓴소리도 보살의 애어입
니다. 그 쓴소리가 중생을 깨닫게 할 수 있다면, 중생을 살리
는 말이라면 말입니다.

지안 그냥 하는 말 아녜요. 어차피 한 사무실에서 얼굴 보
   기 불편한 사이 됐고, 회사에서 나 때문에 골치 아픈
   거 같은데, 다 얘기하고 그냥 잘라요.
   난 아쉬운 거 없으니까.
동훈 안 잘라! 이 나이 먹어서 나 좋아한다고 했다고 자르
   는 것도 유치하고, 너 자르고 동네에서 우연히 만나
   면 아는 척하고 지나갈 거 생각하면 벌써부터 소화
   안 돼. 너 말고도 내 인생에 껄끄럽고 불편한 인간들
   널렸어.
   그딴 인간 더는 못 만들어. 그런 인간들 견디며 사는
   내가 불쌍해서 더는 못 만들어.
   그리고, 학교 때 아무 사이 아니었던 애도, 어쩌다 걔
   네 부모님한테 인사하고 몇 마디 나누고 나면, 아무
   것도 아닌 사이는 아니게 돼. 나는 그래.
   나 너네 할머니 장례식에 갈 거고, 너 우리 엄마 장례

식에 와.

그니까 털어. 골 부리지 말고 털어. 나도 너한테 앙금 하나 없이, 송 과장, 김 대리한테 하는 것처럼 할 테니까, 너도 그렇게 해.

사람들한테 좀 친절하게 하고! 인간이 인간한테 친절한 거 기본 아니냐? 뭐 잘났다고 여러 사람 불편하게 퉁퉁거려? 여기 너한테 뭐 죽을 죄 진 사람 있어? 직원들 너한테 따뜻하게 대하지 않은 거 사실이야. 이제 그렇게 안 하게 할 거니까, 너도 잘해. 나 너 계약 기간 다 채우고 나가는 거 볼 거고, 딴 데 가서도 일 잘한다는 소리 들을 거야.

그래서 십 년 후든 이십 년 후든, 길거리에서 우연히 너 만나면!

반갑게 아는 척할 거야. 껄끄럽고 불편해서 피하는 게 아니고!

반갑게 아는 척할 거야. 그렇게 하자.

부탁이다. 그렇게 하자. 슬리퍼 다시 사 와!

〈나의 아저씨〉 11화

우선, 이선균 배우, 이 대사 외우기 만만치 않았겠네요.

저에겐 직장상사의 훈계로 들리지 않고 동훈보살의 법문으로도 들립니다. 이런 걸 사자후獅子吼라고 하나요? 지안에게만 주는 애어가 아니라 우리 모두에게 주는 보살의 애어로도 들립니다.

앞에서 대승을 설명하면서, 한 사람(其人)이 누군지 궁금하다고 했습니다. 왜 출가자만 아라한이 될 수 있지? 하고 의문을 제기한 그 한 사람. 차별을 알아차리고 그 차별에 반대하고 나선 것이 대승운동의 출발이었습니다.

"송 과장, 김 대리한테 하는 것처럼 할 테니까.", "직원들 너한테 따뜻하게 대하지 않은 거 사실이야. 이제 그렇게 안하게 안 할 거니까, 너도 잘해."

'송 과장, 김 대리, 직원들'이 누구입니까? 정직원입니다. 지안은 파견직이고요. 동훈은 이제부터 정규직과 파견직의 차별을 하지 않겠다고 합니다. 적어도 자신의 도량인 안전진단3팀 사무실에서만큼은.

동훈과 같은 부장이, 과장이, 사장이, 회장이 우리 사회에 하나 둘 늘어갈 수 있다면…… 각자도생이 아니라 공생이 지혜가 되는 세상을 만들 수 있지 않을까요?

대승은 차별을 반대했습니다. 그것이 부처님 나라의 법이

어야 한다고 믿었기 때문입니다. 대승은 지금 여기 우리가 사는 곳을 부처님 나라로 만들자는 겁니다. 방법은 간단합니다.

우리 모두가 보살로 사는 겁니다.

"인간이 인간한테 친절한 거 기본 아니냐?" 동훈이 어른으로서 지안에게 주는 따끔한 애어입니다. 쓴소리지만 약이 되는 소리입니다. 지안도 이렇게 말해주는 어른은 동훈이 처음이었을 겁니다. 이 말을 들은 이후 지안은 달라집니다. 동료들을 대하는 태도도 달라지고, 함께 야근도 하고 말이죠. 깨달은 것이죠. 이렇게 사람을 각성시키고 변하게 하는 말, 보살의 애어입니다.

「나의 아저씨」에는 보살의 애어가 많습니다. 여러분도 한번 찾아보시죠.

"안심이 돼요."

여섯 개의 안심법문

「나의 아저씨」는 하나의 잘 짜여진, 때론 슬프고 때론 아름다운 변주곡입니다. 하나의 대화가 또 다른 상황과 인물을 만나 새로운 선율과 리듬으로 변주됩니다. 이야기는 한결 풍성해지고 흥미를 불러 일으켜 주제는 더 선명해집니다. 작가의 작곡 솜씨와 감독과 연기자들의 연주 능력이 보통이 아닌 것이죠.

마침내 「나의 아저씨」 제작팀은 '눈물나게 낄낄대며 보다가, 끝내 펑펑 울 것이다."라는 그들의 기획의도를 이루고야 맙니다.

여덟 번째 이야기 '보살의 말, 애어愛語'에서 보았듯이 '아무 것도 아니다'도 여섯 번이나 변주되어 그 의미의 다양함을 전해줍니다.

또 하나의 변주가 있습니다. 이 변주곡엔 이름을 지었습니다. '여섯 개의 안심安心법문'이라고.(안심법문은 제가 만든 말이 아니고 예전부터 선불교에 전해 내려오는 용어입니다. 궁금하신 분은 '달마대사의 안심법문'이라고 검색해보시기 바랍니다.)

첫 번째 안심법문입니다.

유라   인간은요, 평생을 망가질까봐 두려워하면서 살아요. 전 그랬던 거 같아요.

처음엔 감독님이 망해서 정말 좋았는데, 망한 감독님이 아무렇지 않아 보여서 더 좋았어요. 망해도 괜찮구나. 아무것도 아니었구나.

망가져도 행복할 수 있구나. **안심이 됐어요.**

이 동네도 망가진 거 같고, 사람들도 다 망가진 거 같은데, 전혀 불행해 보이지가 않아요. 절대로.

그래서 좋아요. 날 **안심시켜 줘서.**

〈나의 아저씨〉 7화

유라의 안심법문은 앞에서 보았던 보살의 애어 '아무것도 아니다'의 또 다른 변주입니다. 그래서 대사도 다시 한 번 가져왔습니다. '망해도 괜찮구나, 아무것도 아니구나'라는 걸 망한 감독 상훈을 보면서 그리고 '정희네'에 모인 후계동 아저씨들을 보면서 깨달은 것이죠. 그래서 안심이 되는⋯⋯ 후계동은 앞에서 말한 대로 마음이 가난한 사람－허심적인虛心的人－들이 사는 동네입니다.

두 번째 안심법문은 말을 못하는 지안 할머니 봉애여사가 글로 써내려가는 안심법문입니다. 가장 감동적인 변주곡입니다.
지안과 동훈이 할머니를 요양원에 모셔다드리고 동훈은 매점에서 할머니 간식을 챙겨 병실 사물함에 놓아드립니다. 이때 할머니가 할 말이 있다는 듯이 동훈을 칩니다. 그러곤 종이에 뭔가 써내려갑니다.

내가 이제 마음 편하게
눈감을 수 있을 것 같아요.
안심이 돼요.
우리 지안이 옆에 선생님같이 좋은 분이 계셔서.

〈나의 아저씨〉 10화

이런 안심을 줄 수 있는 사람, 보살이라 불러도 되겠죠. 어쩌면 이때 동훈은 지안에게 "할머니 돌아가시면 전화해."라는 말을 해야겠구나, 마음을 먹었을 겁니다.

「나의 아저씨」 마지막 16화 첫 씬은 밝고 화사합니다. 한들한들 봄바람에 꽃비가 하늘하늘 내리는 요양원 뜰에 손녀와 나란히 앉아 있는 봉애할머니, 떨어지는 꽃잎을 황홀하게 바라봅니다.

봉애 (수화) 꽃잎이 떨어질 땐 어떤 소리가 나?
지안 (수화) 좋은 소리…
봉애 (수화) **마음이 편하고 좋다**…
      태어나 처음으로 좋아…

지안 할머니도 편안함에 이른 것 같습니다.

세 번째 안심법문입니다.

기훈 십 년 전에, 너랑 찍던 그 영화, 찍으면서 알았어. 망했다, 큰일 났다. 찍어서 걸면 백 프로 망하고, 난 재기도 못할 것 같았어.

난 그냥, 어쩌다 천재로 추앙받은 거라는 거 알았어.
근데, 천재이고 싶었어. 천재로 남고 싶었어. 다시는
영화 못 찍고 굶어죽어도, 천재로 남고 싶었어. 그래
서 니탓 하기로 한 거야.

내가 구박하면 할수록, 니가 벌벌 떨면서 엉망으로
연기하는 거 보면서, 나 **안심했어.**

유라   (울컥)

기훈   더 망가져라… 더 망가져라… 그래서 이 영화 엎어지
자. 내가 무능한 게 아니라 재가 무능해서 그렇다. 반
쯤 찍은 거 보고, 제작사가 엎자고 했을 때 **안심했어.**

유라   (눈물 줄줄)

기훈   사내새끼들도 치사한 게, 당할 애 알아봐. 조지면 망
가질 애 알아본다고. 너 찍었어. 그 새끼한테 희생타
로 찍혔어. 왜 거기서 찍혀! 조지면 대들어! 바락바
락 대들고, 그냥 확 물어버려! 니가 그때 나한테 대들
고, 찍어 눌렀으면, 나 이 지경까진 안 왔어. 나 너한
테 그렇게 하고, 치사빤스 같은 내가 너무 싫어서, 그
냥 내가 스스로 알아서 망가져 산 거야. 망가지자, 벌
주자. 치사한 이 박기훈 이 새끼. 그래서 여기까지 굴
러온 거야.

유라　어이없어라. 지금 내탓 하는 거예요?

기훈　앞으론 너한테 뭐라고 하는 새끼들, 그냥 다 죽여.
　　　뒤는 내가 책임질게.

〈나의 아저씨〉 12화

　기훈의 고해성사 같은 것인데요. 인간의 가장 원초적인 마음을 보여주는 것 같아 불편하지만 공감이 가는 변주곡이기도 합니다. 감춰 두었던 마음 한 자락을 들킨 것 같기도 하지만 진실을 고백함으로써 안심을 주는 법문입니다. 진실이 가진 힘일까요? 이 고백 이후 기훈과 유라는 서로 사귀게 됩니다.

　상처 나고 구겨졌던 유라의 마음은 기훈의 사랑으로 펴지고 유라는 재기에 성공, 스타 연기자가 되지만 둘은 헤어집니다. 유라와 헤어진 기훈은 '그랜드 캐년이 찾아왔다'로 시작하는 '노팅힐 대신 후계힐'이란 시나리오를 쓰기 시작합니다. 영화감독으로 재기를 꿈꾸는 장면입니다. 기훈도 자기 안의 치유능력을 만난 것 같습니다. '인간은 다 자가 치유 능력 있어'라고 동훈 형에게 말했던 기훈입니다. 자신 안의 치유능력을 만날 때 우린 안심할 수 있다는 걸 유라와 기훈의 만남을 통해 알 수 있습니다.

네 번째 안심법문입니다.

이번에는 유라가 현재 영화를 찍고 있는 감독한테 주는 안심법문입니다. 유라가 주는 게 아니라 기훈에게 받은 걸 전달하는 것이라고 하는 게 맞겠죠. 동변상련이라고 했던가요? 기훈이 먼저 경험한 감독으로서 지금의 상황을 잘 아니까요. 그러니까 안심하라고……

유라　박기훈 감독님이 커밍아웃했어요. 나한테 왜 그랬는지.

감독　왜 그랬대냐?

유라　감독님도 아실 거라는데요?

감독　나 모르거든? 알게 설명 좀 해주라?
　　　여태 대사도 못 외워가지고 손에 적어 다니는 주제에…

유라　대사 아닌데요. 박기훈 감독님이 몇 자 적어줬어요.
　　　감독님이 뭐라고 하면 대꾸할 말들.

감독　(…)

유라　거의 욕이에요.

감독　(…)

유라　근데, 전 욕은 못하겠어요. 밤새 연습해봤는데, 어색

하고. 그냥 그 말만 받을라구요. 감독님이 뭐라고 하시면, 겁먹어서 그런 거니까 잘해주라고. **안심시키라고. 안심하세요.**

이러나저러나 한 세상. 뭐 나라를 구하는 일도 아닌데 그냥 찍자고요.

〈나의 아저씨〉 13화

다섯 번째, "너 절로 들어갈 때 안심했었다. 한 놈 제꼈군. 너 때문에 내가 만년 이등이었잖아." 이렇게 겸덕이 동훈에게 준 안심입니다.

여섯 번째, '정희네' 이층 방에서 지안과 같이 자면서 "누가 있으니까 안심하고 잘 거 같아." 정희의 안심도 있습니다.

안심이란 말을 쓰진 않았지만 안심을 연주한 마지막 변주곡도 멋집니다. 바로 지안이 할머니 장례식장에서 동훈하게 하는 말입니다.

"할머니 돌아가시면 전화하라는 말, 진짜 든든했어요."

'든든했어요'는 '안심이 됐어요'와 같은 말이죠. 그런데 안심법문의 변주곡을 듣다보면, 지안을 만나게 됩니다. 이를 지

至, 편안할 안安.

이 드라마의 주제가 주인공 지안의 이름에 들어 있기도 합니다. 편안함과는 완전 정반대의 삶을 사는 지안이 보살 도반들을 만나 편안함에 이르는 이야기가 「나의 아저씨」입니다.

편안함에 머무르지 않고

보살의 길로 나아가길

「나의 아저씨」의 엔딩, "지안, 편안함에 이르렀는가?"라는 동훈의 물음에 지안이 당당한 목소리로 "네. 네."라고 힘 있게 대답하는 모습은 드라마가 끝나고도 여운이 오래갑니다.

지안이 편안함에 이르렀다면 그 편안함에 머무를 수 있을까요? 보살의 눈으로 본다면 머무를 수 없습니다.

무주無住입니다. 머무름이 없이 나아가야 합니다. 그래서 보살의 길은 '오직 할 뿐!'입니다. 무엇을 한다고 했죠? 네, 육바라밀입니다. 보시, 지계, 인욕, 정진, 선정, 지혜. 지안은 또 다시 나아가야 합니다.

지안은 이제 겨우 문에 들어선 것입니다. 이 첫걸음이 중요합니다. 그래서 처음 먹은 마음, 초발심이 바른 깨달음으로 변한다고 합니다. 이를 초발심시변정각初發心時變正覺이라고 합니다.

여기까지 오는 여정이 고통스럽고 힘들었지만 다행이 좋은 도반이 옆에 있어 무사히 다다를 수 있었습니다.

동훈 또한 하나의 문을 통과했습니다. 자신의 이름으로 회사를 차려 독립했죠. 다른 것보다 동훈에게 권력욕이 생겼다는 게 좋아 보입니다. 이 권력욕, 욕망이 없으면 보살이 될 수 없습니다. 도인이 될 수 없습니다. 보살은 욕망을 버리는 게 아니라 욕망을 육바라밀에 맞게 써야 합니다.

여러 차례 인용한 『유마경』의 주인공 '유마힐'은 출가자가 아닌 재가자입니다. 처자권속을 거느리고 사업으로 부를 축적한 큰 부자입니다. 그런데 부처님의 제자(아라한)들이 범접할 수 없을 정도로 도가 높습니다.

보살은 재물이나 권력을 거부하는 것이 아니라 적극적으로 씁니다. 단 육바라밀에 맞게 쓰는 것이죠. 생각, 감정, 오감을 적극적으로 활용해서 가까이는 내 가족에서 시작해서 이웃으로 그리고 국가로 보살도를 확장해 나가는 겁니다. 이를 한 문장으로 표현하면 수신제가치국평천하修身齊家治國平天下입니다. 사서四書 가운데 하나인 『대학』이 내세우는 유가儒家의 실천덕목도 대승사상이라고 볼 수 있습니다.

편안함에 이르게 된 지안은 이젠 누군가의 훌륭한 길동무, 도반道伴이 되어줄 겁니다. 마지막 회에 지안이 문화센터에서 수화를 가르치는 장면이 나옵니다. 할머니 봉애여사가 떠오르는 장면입니다. 지안은 육바라밀의 길로 나아가고 있는 것입니다.

보살의 길을 다른 말로 하면 요익중생饒益衆生입니다. 중생을 이롭게 한다는 뜻입니다. 요익중생은 옛(古) 조선朝鮮의 건국이념인 홍익인간弘益人間의 다른 표현입니다. 즉 널리 인간을 이롭게 한다는 것입니다.

앞에서 유마를 가장 위대한 보살이라고 했지만 실제 『유마경』은 픽션의 세계입니다. 이 픽션의 세계를 이 땅에서 온몸으로 실현한 보살이 있습니다. 앞에 '보살예수론'에서 보았듯이 예수님이 있고 이 땅에는 바로 원효보살이 있습니다.

원효사상을 한마디로 표현하면 일심귀원 요익중생一心歸原 饒益衆生입니다.

그는 먼저 인간적 접근에서 '따뜻함'을 가장 우선적인 모티프로 삼았다. 살아 있는 모든 것들에 대한 따뜻함의 발현은

곧 보살의 대비심이며 보살의 존재 이유이다. 원효의 출발
점은 바로 당시 삼국의 고통 받는 인간에 대한 무한한 애정
이었다. 그 애정은 바로 대비심이었다. 다시 말하면 원효가
발견한 이 따뜻한 마음(一心)은 곧 대승의 마음(大乘心)이며
보살이 지닌 대비심의 극명한 표현이었다.

_ 고영섭 지음, 『원효』(한길사, 1997), pp.85~86

원효*야말로 이론과 실천을 겸비하고 온몸으로 대승의 삶
을 보여준 역사상 가장 위대한 보살입니다.

대한민국엔 왜 보살이 많은 걸까요? 절에 다니는 어머님들
은 왜 다 보살로 불리게 된 것일까요? 그분들의 삶이 요익중
생, 홍익인간과 가장 가까이 간 분들이기 때문이 아닐까 하는
게 제 생각입니다.

---

*   원효는 이론과 실천을 겸비한 위대한 보살이었습니다. 그런데 파계
한 뒤 승려가 아닌 재가자 원효 보살의 삶을 높이 평가해서는 안 된
다는 주장이 있습니다. 불교신문(2019.11.17 인터넷 판)에 자현 스님
의 '원효의 망령으로부터 벗어나라'란 기고문을 시작으로 반박과 재
반박이 이루어진 논쟁이 있습니다. 관심 있는 분들께서는 검색하셔
서 한번 보시길 권합니다.

하지만 수많은 보살님들이 자신과 가족들만의 안녕과 복을 빌고 있다면 보살이란 이름에 걸맞지 않습니다. 물론 자리이 타에서 이야기한 대로 보살은 나의 이익, 곧 자리自利가 먼저 입니다. 문제는 보살은 거기서 멈추는 게 아니라 이타利他로 나아가야만 한다는 점입니다.

내 자식 내 가정을 넘어서 내 이웃의 고통을 연민의 마음으로 껴안아 줄 수 있어야 합니다. 정희보살의 말대로 '미워하는 미워하는 마음 없이, 아낌없이 아낌없이 사랑을 주기만 할 때', 굳이 별나라로 갈 거 없이 우리가 사는 이 땅을 보살의 나라, 홍익의 나라로 만들 수 있는 겁니다.

보살의 길로 나아가는 길은 끝이 없습니다. 무주無住입니다. 보살의 삶은 그러합니다.

지안은 이미 기꺼이 다시 태어나겠노라 결정했죠. 윤회가 두렵지 않다고. 이곳 후계동에 다시 태어나 또 다시 보살의 길을 걷겠노라고……

드라마가 끝나고, 우연히 아이유가 출연한 예능 프로그램을 보았습니다. 지안 역을 연기한 아이유(이지은)다보니 관심을 갖고 보았죠. 그런데 뜻밖의 사실을 알게 되었습니다.

아이유는 「나의 아저씨」 촬영 도중 정신적으로나 육체적으로 너무 힘들어 드라마를 하차하겠다는 의사를 감독에게 전

달했다고 합니다.

아이유의 고백에 감독은 "극 중 지안이가 쓸쓸함과 외로움이 있는 역할인데 화면으로만 보면 연기를 잘하고 있구나라고 생각했다."고 하면서 "실제로 힘든 줄은 정말 몰랐다. 리더로서 세심하게 살피지 못해 미안하다."고 하며 울었다고 합니다.

몸과 마음이 힘들어 드라마를 하차하고자 했던 아이유는 진심으로 공감해준 김원석 감독에게 오히려 큰 위로를 받았답니다.

아이유는 "마음이 안 좋을 때, 몸이 힘들 때 진심이 있는 한마디가 큰 힘이 될 때가 있다. 중도 하차하겠다고 해서 원망을 하실 수도 있었는데 미안하다고 하면서 공감해 주시니 힘이 생겼다. 이분 때문에라도 내가 잘 해내야겠다는 생각을 했다."며 인생에 빚을 진 셈이라고 했습니다.

드라마를 처음 보고 '작가가 누구지?' 하고 놀랐는데, 끝나고는 감독 때문에 놀라게 되는군요.

아이유의 **"마음이 안 좋을 때, 몸이 힘들 때"**가 보살의 애어愛語가 필요한 시점인 거죠.

감독의 "세심하게 살피지 못해 미안하다."는 이야기와 진심 어린 눈물이야말로 보살의 애어섭이 아닐까요? 드라마 속의 지안의 My Mr.가 동훈이었다면, 현실 드라마 촬영장에서 지은의 My Mr.는 감독이었나 봅니다.

책장을 덮지 않고 여기까지 제 이야기를 들어주신 여러분들이야말로 인욕忍辱바라밀을 잘 쓰고 계신 보살입니다. 함께 길을 걸어 주신 도반 여러분께 감사드립니다. 길 안내를 시작하면서 말씀드렸듯이 이 글은 대승보살이라는 필터를 통해 본 저만의 해석입니다. 그림솜씨까지 보잘것없다 보니 가지만 앙상한 나무를 그리고 만 것 같아 부끄럽고 죄송한 마음입니다.

드라마 「나의 아저씨」의 의미와 재미를 제대로 느끼려면 저의 필터는 빼버리고 보시기 바랍니다. 그래야 하늘을 향해 곧게 뻗은 줄기와 튼튼한 가지, 싱싱한 잎사귀와 꽃향기에 날아든 벌과 나비……, 이 드라마의 진면목을 느끼실 수 있을 겁니다. 여러분 각자가 지닌 자신만의 필터를 끼고 즐기시는 방법도 추천합니다.

노자老子는 '말이 많으면 자주 궁해진다.(다언삭궁多言數窮)'라고 했답니다. 이쯤에서 말을 줄이겠습니다. 이미 궁색해질 대로 궁색해진 것 같습니다.

이 글을 읽어주신 모든 분들께서도 편안함에 이르시길.

그리고 편안함에 머무르지 마시고 보살의 길로 나아가
시길……

附記 하나

이 글을 쓰려다 보니 드라마를 보고 또 볼 수밖에 없었습니다. 볼 때마다 새로운 게 보입니다.

변호사 윤희의 서재 벽에 걸려 있는 액자 속 문장입니다.

To no one will we sell, to no one will we refuse or delay, right or justice.

영국의 대헌장(마그나카르타, 1215년) 40조입니다. '권리 또는 정의는 양도되거나 거부 또는 지연될 수 없다.'

협찬 장소에 놓여 있던 것인지, 소품 담당자가 가져다 놓은 건지, 아님 작가나 감독의 의도가 있었는지는 모르겠습니다. 대헌장이 제정된 지는 800년이 넘었고, 「나의 아저씨」가 방영된 지는 6년이 지난 이 시점. 너무도 무겁게 다가오는, '**권리**'와 '**정의**'라는 말입니다.

오늘 대한민국에 사는 시민의 권리는 제대로 보호받고 있으며 정의는 바르게 실현되고 있습니까?

附記 둘

이번에는 "어? 이 노래가?" 하는 노래가 들립니다.

'정희네'에서 술자리가 끝나고 동훈 삼형제가 집으로 돌아가는 길, 정희도 집에 간다고 따라나섭니다. "이렇게 걸어서 집에 가니까 좋다. 맨날 일어나 앉은 자리에서 손님 맞고, 그 자리에 다시 눕고, 징역살이하는 거 같았는데." 정희보살의 도량도 무지 빡세다는 하소연입니다. 그렇지만 그 골목길을 돌아 다시 징역살이하는 것 같은 자신의 도량 '정희네'로 돌아가야 합니다. 동훈의 "어디 사는데?", "데려다 줘?"란 말에 뒤도 안 돌아보고 손을 흔들며 가면서 정희가 허밍으로 노랠 부르는데 제 귀엔 가사가 들립니다.

윤심덕(1897~1926)의 '사의 찬미'입니다.

附記 셋

2023년 12월 27일 오전. 인터넷에 갑자기 뜬 소식. 「나의 아저씨」 동훈, 이선균 배우가 다시 돌아오지 못할 곳으로 떠났다는······

이 날 아침까지도 저는 「나의 아저씨」 원고를 수정하고 있었습니다.

끓어오르는 분노와 말로 다할 수 없는 슬픔에 먹먹한 하루를 보냈습니다. 도대체 우린 어떤 시대를 살고 있는 것일까?

저녁공양 종을 듣고도 차마 공양간으로 발걸음을 뗄 수가

없었습니다. 휴휴당休休堂 숙소로 내려와 동훈의 친구 정희가
흥얼거렸던 그 노래를 찾았습니다. 그리곤 플레이를 반복했
습니다.

광막한 광야에 달리는 인생아 너의 가는 곳 그 어데이냐
쓸쓸한 세상 험악한 고해에 너는 무엇을 찾으러 가느냐
눈물로 된 이 세상에 나 죽으면 그만일까
행복 찾는 인생들아 너 찾는 것 허무

웃는 저 꽃과 우는 저 새들 그 운명이 모두 다 같구나
삶에 열중한 가련한 인생아 너는 칼 위에 춤추는 자로다
눈물로 된 이 세상에 나 죽으면 그만일까
행복 찾는 인생들아 너 찾는 것 설움

허영에 빠져 날뛰는 인생아 너 속였음을 네가 아느냐
세상의 것은 너에게 허무니 너 죽은 후에 모두가 없도다
눈물로 된 이 세상에 나 죽으면 고만일까
행복 찾는 인생들아 너 찾는 것 허무

附記 넷

보살 이야기 가운데 다루지 못한 이야기가 하나 있습니다. 역행逆行보살 이야기입니다. '저렇게 살아선 안 돼.'라는 깨달음을 주기 위해서 일부러 어긋난 행동을 중생들에게 보여주는 보살을 이르는 말입니다. 「나의 아저씨」속 역행보살 이야기를 써보려 했지만 돋보기가 거기까진 미치지 못했습니다. 오늘 우리의 현실을 보면 그야말로 역행보살들의 전성시대라고 해도 좋을 만큼 눈에 많이 띕니다. 이렇듯 많은 역행보살을 우리 곁으로 내 보내는 이유는 무엇일까요?

보살의 마음은 연민의 마음, 사랑의 마음입니다. 허나 세상살이에는 사랑의 마음만으로는 모자랍니다. 사랑과 짝하는 의義로움이 필요합니다. 불의에 분노할 줄 마음 말입니다. 이 분노할 줄 아는 의義 또한 보살심의 씨앗입니다. 역행보살은 이 보살심의 씨앗을 뿌리러 온 건 아닐까요? 우리 사회에서 역행보살을 볼 때마다 영화 「한산: 용의 출현」(김한민 감독, 2022년) 속 휘날리던 의병들의 義(의)란 깃발이 떠오르곤 합니다. 요즘엔 특히나 권력을 쥔 자들의 모습으로 온 역행보살들이 '이래도 분노하지 않을 거야?'라며 사람들에게 義라고 쓴 깃발을 열심히 나누어 주고 있습니다. 왜 그럴까요? 정말 큰 의로움이 필요할 때가 멀지 않았나 봅니다.

장범용

1965년 이른 봄에 태어났다. 철없던 시절, 매일 새벽 들었던 어머니의 불경 외시던 소리는 여전히 맑고 또렷하게 살아 있다. 대학교 졸업 후 교육방송(EBS)에 입사한 1991년부터 방송프로듀서의 길을 걷기 시작했다. 타고난 역마살 때문인지 여러 채널(DSN, OUN, 북 채널, 헤리티지채널)을 옮겨가며 교육관련, 인문교양 프로그램을 기획하고 연출했다.

2022년 겨울부터 24년 봄까지 구례 천은사의 템플스테이 팀장으로 일했다. 늦게 시작한 마음공부는 하늘의 명을 안다는 쉰을 넘어 대승사상을 만나고서야 쉴 수 있었다. 그동안 구도여행에서 만난 스승들과 보살들의 이야기를 더 많은 벗들과 나눌 수 있기를 꿈꾼다.

본문 삽화: 이주하

괜찮아 괜찮아

초판 1쇄 인쇄 2025년 1월 16일 | 초판 1쇄 발행 2025년 1월 23일
지은이 장범용 | 펴낸이 김시열
펴낸곳 도서출판 자유문고

    (02832) 서울시 성북구 동소문로 67-1 성심빌딩 3층

    전화 (02) 2637-8988 | 팩스 (02) 2676-9759

ISBN 978-89-7030-181-5 03800   값 14,800원

http://cafe.daum.net/jayumungo